山海|文库
Universal Library

我有一只猫，足以慰风尘

张好好 著

哈尔滨出版社
HARBIN PUBLISHING HOUSE

序 | 一本好玩好读的书

好好的文字之好，一是平易，和读者是相对而坐，一起说话的那种态度；二是家常，生活中什么是家常？“柴米油盐”实际最牵扯人心。

读好好的书是让你又重新走进了纷乱而温暖的家常生活，其实平民的岁月山河也只在柴米油盐间。

这本书最宜没事随便翻看，随便从什么地方开始都可以，是没头没尾，一如花地的缤纷，并不是以某朵花为主，大家各自开放着自己的颜色，每一朵都好，每一朵都有自己的风雨阴晴。好好的这本即将出版的新书，可以说是作者生活的别册，专写猫猫狗狗，亦可算是主人生活的另一本影像集。

好好的文字有一种特殊的温软，只这“温软”二字，便让人想到下午茶时分的阅读。国人的喝茶往往亦是一喝就是一下午，未必只是英伦的红茶细点才能款款地打发漫长的下午。一边喝茶，一边读好好这本书，时日的静好便已是满心满怀。

好好的这本书，会让读此书的读者忽然放下手里的书去看自己的猫猫狗狗。心爱与爱心从来都要靠自己去发掘，而好好这本书却帮着我们发掘并提示着我们，我们虽然不是什么神仙，但分明已经从中找到了这种待遇，神仙们都有他们的座骑，而我们有猫猫狗狗。情有所向即幸福，相对我们这个时代，这并非只是一句玩笑。

这真是一本图、文、情俱在而又好玩好读的书。

王祥夫

目录

梧桐大院

因为有猫

大橘先森

我们六个

猫为媒

梧桐大院

初来梧桐大院

你的妈妈已经吃过饭了，你还没有吃对吧，来喽，来喽……

听见这人间的善良咒语，我打开门就直接扑到了花墙上，我还听见了小幼猫的叫声，就在楼下老梧桐树边这么近。于是这个八十多岁拄着拐杖的老太太被我看见了。她一步一挪地下楼来，手里端着一个大碗。碗里是什么呢？她在和谁说话呢？果真如我的愿望是和猫儿在说话吗？

老大娘就这么絮絮叨叨、艰难地用拐杖咚咚敲击着水泥楼梯，终于下到院子的地面上了，她的碗也终于离趴在二楼上俯视的我更近了。我模糊认出那里面是一个孤零零的鱼头和一些鱼骨，一只小黄猫嗖地蹿到了她的脚下，用扭动的身子和快速的小跑进行着早饭的迎接仪式。小猫儿的小脑袋高高的，小尾巴和身子很柔软，真是人间至怜啊。

“大娘，大娘，你接住哦。”我飞快地回到屋里取出一包妙鲜包，从二楼的花墙上扔下去。我又说，“大娘，你能撕开吗？”我生怕她是力气很小的人。老太太抬起头看我一眼，拾起妙鲜包对我说：“我家里猫粮狗粮多得很呢、多得很呢。”

老太太圆圆的脸多么善良啊，她灰色的大褂子（六十年前人们常穿的）我也觉得很好。

那小黄猫引着她去了院角一个很小的、随便搭建的小黑屋子，那个大碗会墩在那个屋子的地上，等猫儿吃好了，再被老太太收走。我这么想着，心里欢欢喜喜。我就想，一定是有一个很大的黄猫，在这里野生着，被老太太照顾。而大黄猫在今年的秋天里生了些个小黄猫，于是老太太更加要照顾的是这些更小的猫儿了。

这里的人对猫儿好吗？要对猫儿好，我才会爱你们呢。大约我的心事总能被人猜中。隔壁家的男子在这个花墙边告诉我，到了冬天太冷的时候，猫儿们就到走廊上找鞋盒子、旧衣服睡觉，哎呀，早上一起来，满地鞋盒子散着。

我仔细看他的神情，毫无对猫儿的驱赶和蔑视的恶意，就放下心来。这个院子里的房子都是三层楼带露天走廊的那种样子。多少年了呢？隔壁的男子告诉我，是五十年代初的房子。我就去看那些闲闲的仿佛随便落地长出来的大梧桐树——那么它们也有七十年近百年了！梧桐树长到天空上就成了密密的大伞，整个院子被梧桐的枝叶覆盖住了。我吃早饭的时候看见窗子外面的粗壮树身和树在天上织的大网，也是欢欢喜喜的。

前些日子对自己说，我的心最近变干了变硬了，我再也不会有爱了啊。但是照顾流浪猫儿的八十岁老太太和老梧桐树让我的心又恢复到了从前，我静静想一想我的心，它像猫儿柔软的身体，热乎乎并灵巧起来了。

夜喂豹猫

我和金宝决定出梧桐大院，过马路，到熙熙攘攘的人世里去；三个大猫儿决定一直躲在毛毯里睡个地老天荒，它们每到了新的环境就会崩溃。我和金宝走出院门口的时候，一个声音响了起来：你们是要出门去吗？我转头看见，正是清晨的八十多岁的老太太啊，她坐在房门前的椅子里，拐杖撑在胸前，笑眯眯地看我和金宝。我代替金宝回答，是啊，我们去大街上走走。

我的声音何其爽朗，哪里像大病过并心如死灰过的人呢。这个院子能够疗养我，让我一直是善美的人呢。我渐渐开始觉得又有无限的希望能够升起来。

到了夜里，我和金宝下楼去找大院里的土著猫儿们。隔壁的男子说："这个院子里的猫儿啊，那可太多了。"我把家里三个大坏蛋的口粮倒出来一大饭盒，又接了一碗清水，这就穿过长长的水泥走道下楼去了。我们把大院子的每个角落都去过了，我还摸了摸巨大梧桐树的树身。七十年了哦，也或许它有一百年了？将来，不出十年，这个院子终究会拆除重盖楼的，这些树木就直接砍了吗？

我的担忧总是那么多，压得我自己喘不过气来。活着，只想着自己，肯定是不对的。想很多虚妄的事情，是不是又太矫情？但是我和八十岁老太太毕竟在做着手中的事情，就是端饭给流浪的猫宝宝们啊。隔壁的男子照顾着妻儿，承担着生活的负重，但是他从未打骂过上楼来避寒的猫儿们，那么他也是好的。做一个好人是不易的，却也是极其简单的。楚狂人接舆歌："……已乎已乎，临人以德。殆乎殆乎，画地而趋。迷阳迷阳，无伤吾行。吾行却曲，无伤吾足……"

要像麒麟一样轻迈脚步，连蚂蚁都不伤害啊。这是我的人生理想。

一只豹猫规规矩矩蹲坐在院子中央花坛边的梧桐树下，它端详着我和金宝。金宝飞身扑去，令我好生不乐。本来我立刻就可以把猫豆和水奉给猫儿、实现猫奴的最高理想，却被金宝搅了局。

我追随而去，大猫儿去了另一棵大树下中规中矩蹲着，在夜的灯光里端详我，分辨着我的善恶，就像我在人世里分辨着遇见的每一个人的善恶，然后在心里愤慨或者欢喜。

这一次金宝决定听我的话留在原地，我终于把豆和水送到了大豹猫柔软的鼻子下方。它认真地吃了起来。

大狸猫的早餐

日上三竿，没有听见对面楼八十多岁老太太的拐杖咚咚敲打水泥楼梯的声音，自然也没有她大声叨咕的声音飘荡过来。于是大院里的大狸猫儿就去她家的门前打门："喵儿，快开门给我送饭，饭，饭，饭，用大瓷碗装着的大鱼头……"

猫儿们原来和老太太一样都是叨咕一族啊。我一面匆匆穿鞋一面不忘取妙鲜包。这是我住到梧桐大院里上班的第一个早晨。六点多的光景，窗外一声声的鸟叫，还有扫梧桐叶子的声音，把我从大梦里拉出来，我就这么假寐着听鸟儿和扫叶子的声音，再没有其他的声音了，我微闭着眼睛唇角弯起来，原来我的选择如此正确。

如果是夜里，院子会有收旧家电和长头发的人，骑着车放着喇叭走一圈出去。这个喇叭声一吱啦响起来，家里的四个小朋友就很警觉，仿佛那是猫贩子。我听见收长头发也会激灵一下，仿佛我的头发就要被抢走。再夜深点，又有拎着小喇叭进来绕一圈的人，这个喇叭里喊的是防火防盗邻里互助。四个小朋友照例又以为来了猫贩子，钻毛毯的钻毛毯，到门口大声嚷嚷的则起着劲嚷。

天光彻底亮了，我拉开玻璃窗，探头看院子，叶子已经扫得干干净净。这梧桐是一年到头地飘落的，十二月初叶子全部干枯如纸了，它还是保持着秋天落叶的阵势，继续落，三九天也落，终于开春发出了新芽，夏天叶子长成型，去年的老叶子还在落……白天出门去，傍晚回来，哎呀，又是一院子的叶子，这哪里是冬天呢，分明还是那深秋时光。有落叶的大地，空气都是静谧的。人们轻手轻脚地进出屋子。只见狗儿呵斥人类，人们被狗呵斥了，也只能小声嘟囔着绕着圈子走开去。

昨儿个八十岁老太太下楼送猫饭，今儿个一只大狸猫去八十岁老太太家门口打门。这是今晨的画面。我找来一片比巴掌还要大的梧桐叶子，把妙鲜包挤在上面，正正合适。那大狸猫立刻就出现在了肉粒罐头边。我摸它一下，它也不躲。身体是肥圆的。昨儿个翩飞着吃老太太碗里的鱼头的小黄猫在院角小杂屋里发出叫声，那意思是：我也要吃哦。我就说："你来啊，来吧，快点儿，不然就没有了。"我终于也变得叨咕了。大狸猫一听小黄猫要来，又急又气，用巴掌盖住肉粒罐头，一巴掌一巴掌的，嘴巴还要忙着吃。后来我才知道，小黄猫是大狸猫的亲生孩子哦。此时的三宝和大橘正趴在家里的纱窗上看院子呢。它们若扒开了纱窗跳到院子里，我晚上回家来能否把它们一一唤回来?

天气到了很冷的时候，用大大的塑料整理箱，里面垫上旧棉絮和旧衣服，放在我家二楼的水泥走廊里，猫儿们夜里就可以来睡觉了。我这样琢磨。

小黄猫一直没有出来吃罐头，它心里大约早就明白大狸猫护食的时候是多么的霸坏。我起身，看见这个院子里的人抱着大抱的被子往古老梧桐树下的晾衣架去——活着的小民们的平实和清暖。

院角小黄

清晨八点，一位五十五岁以上的瘦高男子，手端一钵猫饭款步走下对面楼的水泥楼梯。我一思忖，这个一定是八十多岁老太太的儿子。那猫饭是自制的，大米熬成糊涂粥，里面添加上绞过的碎肉粒或者切碎的鸡肝、鸡肉，还有那鱼肉鱼杂，都是可以的。就这么嘟嘟地煮得软软的香香的，端给大院里的猫儿们。

我这短短的几天里已经钻过那个院角的简易房三次了。小黄猫，胸前和爪爪是白色的，脸圆圆的，它在里面，所以我要进去看看。赫然地，地上七个瓷碗和一个大水碗阵势惊人，再赫然地，几个报废了的电脑椅，老人用过的轮椅，上面有棉垫子，那就是猫儿们夜里睡觉的小家了。这可不正是我的理想吗？——在这个世界上有一方屋檐庇护所遇的流浪宝宝。我仰起头看这个屋子的屋顶，房梁稀疏可见蓝天。但是已经很好了。我要在三九、四九天里把家里的一床旧棉絮送到这里来。猫儿们是最喜欢纷纷钻进厚厚的被胎里的。

小黄猫可真美。但是它奉行的主义是足不出户。我把家里的大橘抱过来。大橘和小黄在三厘米的鼻尖距离里微微弓腰互相看着，没有发出嘶嘶的防范的声音。原来我家大橘的第一个新朋友是小黄。

五十五岁男子会把钵子里的猫饭用铁勺一一盛进那七个瓷碗里。我九点钟下楼拐进小屋子里看，一碗清水也好好地摆在那里呢。我昨晚放的两碗鱼头猫儿吃干净了之后，纸碗也被男子收拾出去了。院子里常在花坛里晒太阳的几个大猫纷纷往小屋子里来了。随时有食物和水，有软和的椅子让它们睡觉，而且有八十多岁老太太和她五十五岁儿子的无言的庇护，不会有无情的人上前来驱赶让它们无路可走，这真是人间至幸。

我清晨走出这个梧桐大院，黄昏的时候走回来，走到院门口那里都会呆一呆，因为满院子的高大梧桐和它们金黄的一地落叶在静静迎接我。家家户户一扇扇黄光的窗子，那里面是很小的民，那里面是平和缓慢的一种生活，我们一起在这个院子里听不见一丝儿汽车和商街的嘈杂声，总是有鸟叫，树叶一直地飘落。一场雨到来，叶子被雨水敲打下来，伴着风儿飘飞，我和猫儿们一起看得呆住。

大橘出户

窗子朝东，整个院子都是三层的小楼，金灿灿的太阳很容易在上午一滑身贴在我家的玻璃窗上。

我拉开窗帘，玻璃窗上密密一层小水珠。我拉开玻璃窗，合上纱窗，三个大猫儿和我一起趴在窗户上向外看。金色的阳光真好看啊，尤其是在隆冬，这是我度过青年时代以后最温暖的一个冬天吧。三个大猫儿则心想，刚才飞过去的那只小鸟儿若捉住该有多好。猫儿们的眼睛圆睁着，亮亮的，院子里的树、翻飞的叶片、楼下弯腰做事的女人、累累摞摞的杂物、花坛上晒太阳的小豹和大狸猫，都出现在它们的眼睛里了。

小狗金宝也顺着椅子攀到桌子上，来看窗外。

它侧耳听见楼下那个肚腹垂到地上的小白狗又在哼哼唧唧，就不喜欢起来，也不知为什么就不喜欢，反正不会热切地用吠声呼唤。那个小白狗，我们每天暮色里散步就可以看见——就要给主人变出五六个或者七八个小小狗的一脸傲娇的狗。那家的主人一点儿也不慌神就要到来的纷纷接驾，蹲在家门口收拾一大箩筐荠菜。哪里来的荠菜呢？天再黑一点，小白狗就进到屋子的金光里了，黑色不会吞噬它。

有一年妈妈来看我，我们走在黄昏的解放公园路上，我突然问妈妈，你知道一天的什么时候最凄惶？妈妈看我一下，很快地回答，黄昏的时候。我们不再说话。她的心里为了我有多忧伤呢，她是懂得飘零之苦的。我想起了某年深圳的夜，我等待着一个和我一般大的女孩子到来，我们要一起去一个地方借住……这也是我多年来不愿意去广州和深圳的缘故吧。

叫大橘的猫儿总想扒开纱窗跳出窗子或者挤出门，出去找朋友？我请它慢慢来，我把它抱在怀里教育："出门是可以的，那么怎么回来呢？出门是为了回来啊。"说出这样深刻的话，令我自己吓一跳，反复想其中的逻辑，醍醐灌顶。

窗玻璃上是金光，温暖穿射进来，简直可以令我的面庞热烫。我们在很温暖缱绻的黑夜退潮的时候，起身，迎接新一个光亮的日子，洒扫，吃细碎的食物，喝金色的茶水，思索。金宝一个扑身，就去到了古老梧桐树的大院子里。大橘猫腰穿过长长的水泥走道，下楼梯，那里有个黑黑的小空间，它必得在里面潜藏一会儿，大丈夫相机而动？我穿过长长的水泥走道，下水泥楼梯，到黑洞洞前唤它，它就滚躺蹭到我手边，身上沾上了灰土。

它伏在我的肩头上，眯起眼睛看这个明亮亮的大世界：我的朋友在哪里呢？

大橘的来历

大橘者，小男猫。

是一个三回头，便结了的缘。

说贾雨村当日落魄时，娇杏丫头三次回头。脂批言：无儿女情长，方有夫人之份。

这话令人肃然。我们皆肃肃、心惶惶——为了尚未到来的切实的份。

大橘幼小时候便悟性极好，知道三回头这个理，于是不费吹灰之力得了我这个忠心耿耿奴。

其实它是三不低头和三不回头。

将将满月的一只小黄猫。它的母亲不知所终。它一人流窜到街边小商店好心的老奶奶这里，寻个夜里能睡觉的小缝隙。这小商店不过十平方米大，里面收容了十数只东西南北中到来的混不吝流浪猫儿。白天商店门口猫儿进进出出好不热闹，夜里全都收拢进商店，大门紧锁，它们在里面安度波涛汹涌的黑夜。要知道，有多少流浪猫活在汹涌波涛命悬一线中呢。

我那时日日去给它们送饭。在正午时候，单位里剩下的鱼骨汤渣，热水冲洗干净，认真捧去。新猫总是有，这一日，幼小如巴掌那么大的大橘出现了——是端然或者咣然——亮在了我的眼眶里——框住了它的小样子啊。

众猫汹涌，挤挤挨挨在饭盆前，鸡飞马嘶。唯有它在他处端坐如旧钟表。我轻轻拍它肩膀，唤它也混迹到众猫中抢饭。它鄙视看我一眼，并鄙夷看众猫一飞眼，继续用后背对着我们一干欲望盛大的家伙。

我肃然离去。一回头多看了它一眼。自此记住它。

如此画面重复了三次。每次我到来它都是小肩膀端着，眼望大街，岿然不动。要知道，这可是一只小奶猫啊，手掌心那么大，气场却大如海豹。

商店老奶奶给我说，不用管它，它每日这样不混迹猫群的。

我们聊着它的时候，它冷不丁又给了我一个回头，但马上转头，不肯多给我一个眼角的余光。

我心事重重过红绿灯回单位。每当我面临攫取的时候，心里就提前沉重下来。心一沉重，我就知道我的攫取念动了杀机。过了路口，又过一个路口，我立定住，五秒钟后返身。过一个路口，再过一个路口，我箭步到商店门口的草坪里一把抱住它，它那么小的肩膀和身子，那么小的爪子，那么小的嘴巴，那么清亮而小的双眼看着我，仿佛唇边有大智慧者的微笑。

老奶奶目送我。她很是开心，又一只猫儿脱离了苦海。我抱着小黄猫过一个路口又一个路口，从此它和我相依为命，永生为伴。

大橘初来时候我给它取名是小吉。小吉，小豆丁，小小的，总是睡在我的枕上，小脸埋在我的乌云头发里。我的手扬起在它的柔软身上，就这样我们一起睡着了。我本是愿小小的日子安全而吉祥，不要有任何波澜，是苟活之一种。但蹊跷的是小吉到来后不久一个不大也不小的波澜席卷了我的生活。我想起爱玲给胡兰成写的诀别信，是用小吉二字替代小劫，因爱玲不忍心把他们的爱情变故说成是劫难，故以吉字代。在波澜里的我想到两个成语：逢凶化吉、以毒攻毒。小吉出现得这样蹊跷，这样巧合，这样必定，它一定是来帮助我们渡过劫难的。

果然的，那个波澜用了三个月的时间就过去了。我抱起小吉亲它，要为它改名字。从此它叫大橘。因为此时的它已经大如黄老虎。橘猫的威力我和三宝五宝金宝砰然见证了，它的腹部和臀部比脑袋和肩膀滚圆两三倍，抱在怀里就是一个大石头，卧在地上，是橘猫特有的趴伏样子——两只后腿撇开成为八字，屁股和尾巴扁扁地在正中，巨大如一只圆盘奶酪。奶牛猫三宝和五宝从来是微微侧卧的，比大橘清雅好多。

大橘罐头

猫儿们是能够喊出“麻麻”这个发音的。大橘看夜色已深行人罕，决定猫腰夜探院角小杂屋里的小黄美眉，遂请我给它开门，在门口说一串话：麻麻……麻麻……麻麻……

不是喵儿喵儿喵儿——别把猫咪想得太简单。

我不理它，但风幡心俱动，令我不得心魂回到书本的要义里。五宝也焦躁起来，四蹄踯躅，但并不阻拦达令另外的风花雪月。大橘闪电穿过长长的走廊，奔下黑色水泥台阶，扑入老梧桐风中。我们剩下的同志决定聊以消夜显得生活是多么的充实而愉快。

我在三宝的授意下取的是鸡肉和三文鱼混合口味的罐头。三宝怎样授意呢？它长长的白身子跳上整理箱，略一思索，面对各种大小的罐头，用白爪子拍拍其中一种，有时是妙鲜包，有时是罐头，有时是狗罐头，是的，猫儿也吃狗儿的大颗肉粒罐头。

我的声音果真这么大吗？还是墙不隔音，它们三个等待着我一勺一勺地将肉汁罐头分到一排小碗里的时候，有人捶打门。

是方才扬长而去的大橘先生——它猛地听见金色灯光屋子里传来罐头二字，于是迅速打道回府。

这天晚上大橘没有出门。它吃了罐头后突然感到困乏，斜倚着热水袋在毛毯起伏的地势里睡下。五宝来到它的身体的起伏里，也卧下。五宝仔细地为大橘先生清理干净面容和耳朵，于是家里的大橘看着真是体面，耳朵白净粉红，五官无半点渣滓，俊朗逼人，逼得我看一会儿书就要俯身去摸一下它们的圆脑袋。金宝认为猫狗应该公平，圆脑袋来到我的手掌下要我的爱。我再次严厉告诉它，狗宝宝和猫宝宝怎么能一样呢？狗宝宝在地下或坐或卧才合礼法。猫奴说的话，一定很伤狗儿的心。但是猫奴不以为意。

猫手

熄灯后，猫儿跳上床头柜，迈步小床，手和脚轻轻踩过我的脸，来到我的枕畔躺下，把自己盘成一个柔软丰厚的圈。

猫儿的手手是天下最切实的可爱，像樱花朵朵落下，像冰凉的雪花触碰面颊。它若不踩过我的脸，不踩过我的身，绕道而过，我会多么失望。

三宝的手有多灵巧呢？六年前我和半岁大的三宝站在北京十里堡南里大街和石佛营大街那个非常巨大的十字路口，等红绿灯。我们要到大街的另一边去，给三宝做节育手术。车来车往，三宝的小手手紧紧地环抱住我的脖子。因为要离开北京去武汉，我打算把三宝送给一个有别墅的爱猫女士。她已经收养了十多只流浪猫。我觉得三宝若生活在安全的、并且是可以自由活动的一楼有月季花盛开的小院，会比跟着我颠沛流离要好很多。但是爱猫女士比我更懂得猫。她说，自己养大的猫不要轻易就送人，猫的感情会受不了。

我听从了她用心良苦的建议，先是给三宝节育，节育后的男猫不会离家出走，而离家的猫咪在如今的城市里生存是非常艰难的。

那天三宝的小手手有力地抱住我的脖子，我们在熙熙攘攘的车的洪流中跋涉，就仿佛那个十字路口是我们的一生一世，如此磨难，如此艰险，如此漫长，如此容易失散。三宝警惕地看着那些粗野的汽车，面容严肃，那时候的我们，用生之艰、泪涕下来形容，一点儿也不为过啊。

我这六年最大的庆幸是听从了爱猫女士的话，一直把三宝带在身边。它去过东莞，来了武汉，去了乌鲁木齐，又回到武汉，一切的出发都是为了我们永远不分离。三宝的淡定、高贵，缘于我们共同的家给予了它十足的安全感。

三宝的手是多么灵巧啊。它更喜欢睡在棉被和毛毯的中间，因为棉被太闷热，而毛毯略透气。所以它每天晚上来到我身边便伸出小手手轻巧地分开

喜欢睡在被子和毛毯中间的三宝

躲猫猫的大橘和小橘

暖洋洋的五宝

努力守护麻麻、大橘、三宝、五宝和小橘的金宝

被子和毛毯，然后走进夹层里躺下。它的小手手窸窸窣窣分开被子和毛毯的动静，在我的心里就是一个最有主张的聪明宝宝。

五宝的手手也灵巧。大橘一直不归来，都已深夜了，窗外夜的深处传来猫的嘶哑的叫声。五宝跳上椅子，跳上桌子，伸手刷地撩开窗帘，两个手手搭在窗沿上，向着幽蓝的窗外望去，仿佛能够用它的夜明珠眼睛看清楚院子里的一切。

大橘一直不回来。五宝去大门口绕了一圈又一圈。大橘不回来，我和五宝都睡不着。金宝和三宝已经蒙头大睡多时了。五宝对我说："麻麻，大橘怎么还不回来呢？"我拉开台灯，侧耳倾听是否有大橘呼唤开门的叫声。五宝去了大门口侧耳倾听。它再次去到窗户上，立着身子手扶窗沿瞭望。大橘的小手手有多淡定呢。它身披着星光的冷，穿过古老大梧桐的大花坛，钻进黑魆魆的单元门，跳上水泥台阶，穿过长长的走廊，来到了家门前。它不过是闲闲伸出手把门轻拍了两下，里面一个猫奴和一个小美猫就已经扑到大门口，给它打开了大门。

在很黑很深的睡眠里，我会轻轻握住三宝或者五宝的手。它们小掌心那么大的时候就是夜里手手放在我的掌心里熟睡的。那时候的三宝与母亲失散，眼睛都没有睁开，在一条小马路的路边尖叫着；那时候的五宝被人类撞成重伤，夜里我握着它的手，它感应到了我要它一定要活着的愿望，于是就活下来了。这一晃五宝都五岁了。

月光黑瓦

咪啊？咪啊！咪啊？！

五宝发出的这一连串追问的意思就是：大橘哥，你要去哪里？你又要去院子里浪吗？

大橘头也不回就走了。其实五秒钟之前它还和五宝拥抱在一起酣睡着。大橘到了大门前就飞跳起来抓门把手，用力向下一压，门就可以被它打开。无奈我已反锁之。于是它便用飞跃一百下弄出来的动静威逼里屋的我。

我在深夜三点半打开门，它去了老梧桐大院子。那里面有各种猫儿，不属于任何一个人家，但是它们有好心的八十岁老奶奶在小杂屋里给它们每天放下的猫饭和清水，还有软垫子铺的一个一个小窝。有深夜不睡觉的大猫儿，去屋檐上浪。这一天正好是大月亮，虽然冷雨已经下了两天两夜了，但是猫儿吃饱了，心情又愉快，便是不怕冷的，爬上一个黑瓦的屋顶，在月光下拉开唱嗓。

我伏在枕上，听它唱。这一定是一只女猫，大可不必中规中矩蹲坐着唱。那就手托着香腮，拉长身子跷起腿来，唱啊唱，月光总是会完全地笼罩住一只猫儿，新龙门客栈里的张曼玉——女猫儿一唱，天下的男猫就都听到了。于是大橘从温柔富贵乡中起身，坚决要去月光下，与女猫儿对视。梧桐大院里的人们同我一样在将睡未睡中听见了猫的歌唱，但是没有一个人推开窗子大喝或者扔出去一个石头样的粗鲁的东西。

五宝真是遵循着诗经里的准则：温柔敦厚，怨而不怒。它不多时就平静如常了，躺在我的臂弯里，就像这个世界上从未发生过一起又一起的“弃妇事件”。

叫大橘的书生猫腰前行，绕过一棵又一棵湿淋淋的老梧桐，它要确保不会遇见一只体格硕大神情粗暴的武夫猫。如果遇见了呢？某天大橘回来额头上有血痕。我抚着它说，这可真就活成了一只男子汉猫了，从前我们小时候家里的猫儿，可不都是清早回家一头一脸一身的伤口。

猫架大约不会为了一口饭，只是为了一只女猫吧；狗架似乎都只是为了一根光溜溜的骨头。所以狗是直男，而猫总是婉约派，纳兰性德之姿。

大橘会在清晨五点半之前准时叩门。再过会儿扫梧桐叶子的清洁工就出现了，赶早出门吃热干面的人也出现了，猫儿们掐准了时间躲过他们的身影。五宝从我的臂弯里抬头对我说，麻麻，大橘回来了。大橘一回来就直奔饭盆，发出咔咔的咀嚼动静，又来我枕边非要喝我的玻璃杯里的白开水。然后它轻身一跃，就到了睡在床边的金宝身边，挨着金宝温热的身子睡去了。它大约暂时不太好意思回到乖巧堪忍的好女子五宝身边。

我们在清晨都彻底醒来的时候，大橘依然在睡，而且是酣睡的模样，身子伸得长长的，眼睛眯得紧紧的，呼吸深深的匀匀的。和它一比，我们一屋子的家伙都显得人生略有些苍白无趣了。

鸟叫

四点三十五分，天光是淡淡白、淡淡青、淡淡灰的混合，像寂寞了一亿万年的宇宙深处浮出的一艘小白船的颜色。窗外梧桐树上第一只鸟在此时抖擞极了地叫了起来："啾啾啾，啾啾，啾，叽叽，佳佳，咳咳，咔咔，咕咕，啾咔啾咔……"许多鸟都立刻醒来了，都在叫，远远近近，除了叫还是叫，就像是对一夜平安酣睡的感激，也像是被设计出来的时候就携带着的责任基因所驱使——必须叫，让世界看起来不是荒凉的，尚且有希望，爱和平安依然在人间。

然而到了五点十分，它们突然一齐地不叫了，又是暗夜里那种静悄悄，一丝儿声音都没有啊，它们又睡着了？

深夜一点蹿出门去的大橘暴躁地在扑打门，我去开门。因为等待大橘回家，所以把鸟儿们的作息时间掌握了这么些。五点五十分，清洁工用大竹扫把扫地，落叶堆聚的声音划破宁静，鸟儿的声音又在大树顶上迸射了出来，小金光那样，又亮又干脆，火花四溅，溅到每一个认真倾听者的心灵上。

朝阳的光芒也是金色的，突然就刺穿了整个人世。

鸟儿会从七层楼那么高的树顶上下来吃米粒吗？我和金宝在正午时到院子里去，在树下的枯草地上撒下一摊米粒。我们但愿着鸟儿们的眼力极好，趁着没有人的时候就下到地上来啄食。冬至到了。

小月亮

小月亮的名字是我为它取的。它是一只大狸猫。

那一年，小月亮是怎么到来的？

从前我在电脑上敲下：三宝是怎么到来的？五宝是怎么到来的？花花是怎么到来的？六宝是怎么到来的？

反正就都到来了，用着小老虎飞跃的姿势，趴伏大青石的王的雍容，凝视的眼神，脑袋紧紧贴在我的胸前，我用眼睛脸庞和唇去迎接对方的温热、对爱的渴盼。

但是这样形容猫儿是降其猫格。猫儿并不奢望任何一个人都来爱它。它只渴望遇见那个对的人，来爱它。其他的人都是打酱油的，是这个星球上一种灰色的行动体，类似于蟑螂，没有感情，没有信仰，没有胸怀……猫儿看见他们则视若无物。

所以小月亮来到我的脚前（我不是灰色的行动体），抬头看我。

这一天如同我的生命的节点，就是竹子的那种节点吧，但是竹子的节点是均匀有规律的。我的生命的节点常常是爆炸性的，随机的，是平静的窒息、桀难到可以立即赴死，但命运突然因为一个相遇而爆炸、盛放的是节日的礼花呢！

我多么感谢那个夜晚我抬腿迈入那家汉口江边的药店，买可买可不买的药的举动。然后小月亮抬头看我。它的肚子真大啊。我认为它正是这家药店的猫。

我抱起了它。鬼使神差。当然我遇见任何一只猫儿，都想抱起它们。小月亮在我的怀里，脑袋伏在我的胸前，静静的，依恋的。

我放下小月亮的时候，药店的店员告诉我，是附近的流浪猫，白天在这里休息兼吃点东西，夜里到大街上去，因为药店不允许养猫。

于是我再次抱起小月亮。我把它抱回了“坚决不许你养任何一种动物，否则就请立刻滚蛋”的公寓。

凌晨，小月亮宫缩。肚腹坚硬，羊水流淌，胎儿频动，胎膜渐出，坚决要躺在我的棉被上，而不去我为它准备的纸箱。

也就是说，如果那天夜里我没有把小月亮抱回公寓，小月亮只得在大街边的暗巷里草草进入生产状态。

立刻把花棉被让给小月亮。开水煮沸小剪刀。一个又一个的宝宝，我为它们加油和呐喊，怕它们窒息，小心撕开尚未完全挣出的小脸上紧紧包裹住五官的胎膜，从母亲的身体里终于滚落到地球上，剪断脐带，观察胎盘是否彻底出来，用温热的毛巾擦小小黏黏的身子，放进温热的电热毯里。给小月亮端来温过的牛奶，它大口地喝着，眼睛把孩子们看来看去。后来它睡着了，因为太疲累了。被子团成一个壮阔的城堡，四个孩子在小月亮的怀里。

真实的情况是，小月亮无暇向我投来一个流转的眼波，向我感谢啊致意啊什么的。

反正就是相遇了呗。我用小小的奶瓶冲婴儿猫专用的奶粉，就像此专业我已从事半生。接生这个事情就这么被掌握了，从凌晨到清晨天光大亮，一丝儿都没有休息，公寓里是温暖的妈妈和孩子们的气息。

药店里有个也叫月亮（完全是巧合）的女孩，她在那年把小月亮和它的四个孩子送去江夏的乡下她的亲戚家里定居。她告诉我，那里有很多大树，猫们很喜欢爬树。

四个孩子的名字也是我取的，小熊，小虎，小豹，小龙。小月亮如果出门去了，叫月亮的女孩就抱起一个小猫宝宝到大门口喊，小月亮啊，你的宝宝要喝奶了。不多时，小月亮就匆匆回来了。

小月亮。多年后的某天我在古老梧桐大院半夜醒来。喃喃它的名字。

因为有猫

大橘鬼叫

麻麻，开门。

大橘在夜半三点吱溜回来。我们一干窸窸窣窣复又睡下。那五宝每次跳下床去门边迎候。三宝只欠一欠身子，半睁开眼睛，知道是大橘回来，悠悠然觉得放了心。金宝在毛毯底下香甜熟睡不问猫事。方才大橘在院子里的鬼叫真令我们害羞。那是怎样的声音啊，端坐在高高的黑瓦片上，使劲地喊，连音律都不要的，就是扯着嗓子喊，喊一百次一千次。到底在喊什么呢？我静默看书并思考——它们的喊春无非就是一句话：“啊，啊，啊，苍天啊，大地啊，活着和去爱，是多么好。”

虽然大橘的小女友——那只寸步不离开小杂屋的

小黄猫——就在小杂屋里，日日夜夜闲闲等它。然而大橘依然要在深更半夜大发老夫兴，到高高的梧桐枝叶散落的黑瓦喊春。之后院子就安静了下来。一轮大雪覆盖万物，也解除万灵的雄心。说“巧”这个字其实是带着凶险的，雄心这个字眼也是带着凶和险的。

现在，大橘在我的似梦非梦似花非花似雾非雾夜醒中，端坐床头柜，而不卧榻。我问它有什么事情需要夜半思考。它委委屈屈看着我，并不挪动脚步到我的枕上、它的地盘来。于是我闻见它身上的异味。五宝终于决定不再按捺厌烦之心，它一个箭步蹿到床头柜来，左右一嗅，挥手便打。

大橘委委屈屈不知道从哪里坐到了糊涂的异物。现在它一定觉得自己的样子比一只落水狗还差。我在冰窟窿一样的夜半屋子里，起身取来剪刀，除去它后腿上的一干物质。又用小毛巾蘸着热水为它擦拭。它摇身一变复又成了自尊的大橘行者。

敏感傲娇的猫儿们，生来就被上帝钦准配备一个贴身猫奴。我心满意足睡去——什么雄心，什么耀祖，什么要强，全都被一轮一轮的大月亮和大雪、一个一个的猫宝宝，歼灭。

大橘花坛

清晨我走过花坛，遇见了一个熟人。

猫君画的三宝糖宝和大橘一干名士喝工夫茶谈江湖图，我在京的旧友看见，大惊：遇见熟人了，那一个岂不正是三宝！

他与三宝经年未见了。三宝幼小时候他是带着玩儿过的。

遇见熟人，多么亲切和久违。我赞他用这个词语。

花坛中我的熟人见到我，真高兴，立刻就地翻了个大肚皮给我看，眼角唇边妩媚。啊，大黄老虎——伟岸大橘！

那么你今儿个白天就在院子里玩儿？

是的，我懒懒地视察几圈，你就下班回来啦。大橘用心语和我说。

和熟人打过招呼，往大街上去，真是神清气爽啊——举目天下，又有几个斯人是熟人？

梧桐

冬至过去好多天了，小寒和大寒就要来了，可是我定睛一看，梧桐树上还挂着满满的黄叶子，落得院子里的车身上是叶子，地上是，杂物上是，小猫小狗睡一觉醒来身上一定会正正地摆着一个干叶子。

隔壁院子的五层楼，我家院子的梧桐超过了它，那就是说梧桐们有七层楼那么高。据说整个大汉口只有解放公园路上的梧桐树保留下来了，而从前到处都有它们的身影呢。每个城市都有令人遗憾的心疼，伊宁市只有河边白杨大道上有高大的白杨树了，而伊宁市的别名是叫白杨城的。某地有个官员，早年又砍树又拆古老的建筑，后来的结果果真不好，小民们听见这样的消息总会长长舒一口气。所以要一代一代的人把自己的孩子管教好，他们长大了飞出去或苟保自身平安，或造福人类，或祸害一方。树是随便就砍的？猫狗是随便就踢的？贫寒的人是随便就驱赶的？这样的事情做得习惯了，自然满身满眼的戾气，小民们见了就躲闪，他只当是自己德高望重呢。

我这很小的民带着金宝在暮色里去解放公园路散步，看见苍苍的梧桐绿荫，心里就生起对一座古老城市的爱怜。夜里有两三个儿童站在家门前齐唱“牛儿还在山坡吃草，放牛的却不知哪儿去了……”八点半唱到十点多，童音清越，激扬，饱含着情感。我放下手中的世界文学，抚摸着猫儿们，一直地听，听下去，后来熄了灯睡下了，伏着枕头还在听。没有一个大人出来呵斥他们，没有一个孩子和小动物是惶恐的。

斑鸠

斑鸠就是野鸽子。斑鸠也发出咕咕的声音。

我常常去的梧桐大院旁树荫下的邮局里的胖姑娘，她家阳台上长着吊兰的花盆有一天被一对斑鸠做了窝。她给我讲，那个巢是干叶子或者小枝条做的吧，不确定终究是什么材料，看着好紧密好结实。我们不去动它，那花儿也不能再浇水了。

我常常去她的柜台寄东西，纸箱子，一年到头给妈妈，姐姐，妹妹，三个女儿，家兄，猫君。我一进去她就起身帮我给箱子封口，封口的时候我们就聊个小天。

我一听有鸟儿夫妻到她家里做窝，眼睛就亮起来，对动物小朋友好的人在我的眼里就是毫无疑问的人间至善。一个善良的人就算浑身缺点，那在我眼里都是闪耀着金光的。

“喂它们饭吗？”

“喂小米和水，但总不见它们吃小米，水倒是喝的。”

“怕你们吗？”

“不怕的，我们也不去打扰它们。生了两个蛋，每天孵着。”

那么就会有小斑鸠出世了。我深秋里出了两个差回来，再一次去邮局，不忘记问问斑鸠的事。胖姑娘头发上别了一枚红色的发夹。在我的眼里，只要对小动物好的人，都是美不胜收的，我愿意靠近他们。

“斑鸠现在怎样？”

“飞走了。”

“那两个蛋孵成小斑鸠了吗？”

两个小斑鸠和两个大斑鸠一起飞走了。胖姑娘笑起来，因为回忆。她说，斑鸠妈妈把食物放进小斑鸠的嘴里以后就叼住小斑鸠的脑袋使劲摇，把食物从食管里摇下去。大约小斑鸠没有咀嚼功能呢。

“它们还会回来吗？”

旁边的小平头男孩子说：“还会回来的，把它们的巢留好吧。”

留好的呢。那盆花我们很久都不能管的。

我把大大的纸箱寄出去。里面是我用过的一些细碎的物件。暂时没有用处，但因为一种纪念舍不得丢弃，就寄去我在重庆的一个小屋子。世界上的纪念里、喜欢里，总是苦大于乐。虽然欢喜是当真很欢喜——但是苦，那有余味的苦。

胖姑娘住在父母的家里。她家里有一个大大的阳台。斑鸠来了，做窝，有了孩子，飞走了。还会回来的。

浪大橘

如果我去亲，亲住大橘的脸，它会一动不动，不躲避我，不偏移半毫米。它让我的唇结结实实贴在它的面颊上，我们靠得更紧密些，它微闭着眼睛，我的脸颊一片温暖，我的呼吸里是猫的芬芳。

错。大橘自从做了白日和半夜在梧桐大院里浪来浪去的猫，它的身上就总是扑扑的尘土的味道了。它的脚掌是粗糙的，眼角常常挂着渣渣，皮毛早已不光滑明亮。但是黑夜里，我能摸出来哪一个是大橘。大橘是家里最小的猫儿，只有半岁多点，它的皮毛再蒙尘也是极其柔软的。而且它的身姿是极其驯服的。我一摸，多么柔软，我再一摸，它并不躲避，那就一定是大橘了。

它有时睡在我身边的被面上，有时去到床脚，和金宝或者五宝搂在一起睡，那是三九四九天。过了九九，猫们就很少搂在一起睡了。大橘睡到凌晨会到我的枕头上来，和我一起睡。其实是要出去浪的前奏。它任我轻轻抚摸，并假装已然沉入了最深的酣眠中。然而，当它觉得厮磨的享受我已尽然享得了，它便突然起来去大门边叫门啦——精密的谋划，掌握了我的心。

它的声音甚至是甜美低调的，虽然它是一只公猫。它在门旁努力地说服我："开门吧，来开吧，开开吧，快点哦。"

它在凌晨出门去。天亮之前回来。又是甜美低调的声音："我回来了，开门吧，来开门啊麻麻。"

爬檐摔瓦的大橘这一日害了眼疾，左眼蒙了一层黏稠物。我和金宝去药店给它买药。我对店员说，要眼药水。店员问，大人还是小孩。我说，小孩。店员又问，几岁小孩。我只得说，哦，其实是一只猫。

店员大笑，取来药性温和的眼药水给我。原来店员家里也是有猫有狗的，所以会这么喜滋滋接待我和金宝。

给大橘滴眼药水，顺便给喜欢流眼泪的金宝也滴了。三宝和五宝仙容正大，皮毛光滑如棕熊，眼睛清澈，脸脸每天洗得棱角分明，自然使用不上什么眼药水。

此药甚灵，十多天后大橘的眼睛恢复了正常。橘猫的眼睛总不如黑白奶牛猫的眼睛那般如黑宝石。橘色的眼睛，有点无精打采的样子。黑白奶牛猫是静待的闺秀，橘猫是大剌剌的小混混，非要看看外面的世界里有何许猫们。

大橘。我有时在心里轻轻喊它一声。我生怕某天它浪着浪着就不再回家来。

我见它在我的视线里睡得正酣，我的手和脸颊密密地贴过去，它就回赠给我密密的温暖。

重聚

我出门十五天。去了岭南，又去了杭州。终于在惊蛰前一天返回老汉口。

汉口在我的心中是一个很老的老头儿，他衣着老旧，步履蹒跚，碰口遍布。我蜷伏在他的膝上——这座七十年的古老梧桐大院。

出地铁，天色已经黑透，过单位门前多么熟悉的红绿灯井然的十字路口，便趸摸着进到大院里——我早已是一个很老的女人了，碰口遍布，心脏蹒跚，面容老练。

然而我的猫儿们能够抚慰我。打开门，它们三个鱼贯前来。大橘，竟然在家。三宝第一个扑到我的膝下。五宝，竟然不惶恐于我的突然归来，抬起无辜的面庞镇定看我。金宝不在家，被高一女生点点带去宠物医院做绝育手术去了。我在外半个月里点点每天来爱护它们，所以我的心是安全的——人间至暖是善缘。

你终于回来了。它们三个猫宝宝的心整个晚上都在说这一句话。我洗澡，五宝蹲伏在卫生间门前，几次走到莲蓬的水帘边，靠我更近些。我下饺子，三宝伏卧在餐桌角，要一直在我的视线和呼吸里。我睡下，大橘到我的枕上躺下，缠绕在我的黑发里。

你终于回来了。它们三个猫宝宝用无惧而老练的面容镇定打量这个世界、依偎我，近七年矣。

愿得一心人，白首不相离。

我出门十五天，田野调查人生伟岸命题之真伪。绷紧的弦，惶疑，不信自己，不信他者，只有回到猫儿们这里——落地，踏实。

大橘先森

大橘先森在2017年夏天被我抱回家，初初的日子里它每晚睡在客厅门边的猫粮碗旁，几乎要环抱住碗，那里面是满满的豆，它须得闻着饭香睡，才踏实。我夜里起来，它这小豆丁就在光地板上自如躺着、酣畅安稳如船深，爪爪搭在碗旁，令人心酸一小下。而那时，三宝和五宝一定睡在我的枕边，我们面对面，或者脸颊拥靠住，一夜一夜，乐此不疲。

大橘从幼年就是更善于独处的猫。它一日一日长大，终于长成真正的橘猫该有的体型，依然是温存小心的，从不出击任何一只猫，哪怕是游戏。它常常的样子就是四足并着，安静蹲在窗边、门边、桌沿，抬头看我，眼角羞涩，但是忍不住再多看我

大橘先森

一会儿。它发出的喵声也极温柔，甚至是过于情怯了。我抱起它，我们的面颊又拥靠在一起了。我几乎很难相信，一个人和另一个人的关系，会有我和一只猫的关系这样亲密信任依恋，地老天荒。

我住在这简陋的屋子里，几乎重现我青年时代的艰涩生活。但是我满足到沉醉，因为朴素是有清辉的，是荣光的。大橘是这简陋生活的最大受益者，它抬腿就去了梧桐大院，和它的爱人小黄一起消磨时光；它抬腿就奔窜回二楼家里，进来大吃二喝，储备精力再次出发，浪迹自由而安全的梧桐风。

点点的妈妈说，其实啊，我最爱的是大橘，因为它温柔极了。一位极其温柔的猫先森，多么令人敬重。一位泼悍的猫小姐，如五宝，也是令人敬重的。正如尼采先生的建议："每一位去找女士谈天的男士都应该带上一根请女士管教自己的鞭子。"

当小狗金宝追着大橘啃咬的时候，五宝就会大步走过去，对着金宝扇好几巴掌——原来世界果真是女人创造并管理的。

大橘先森！我在心里这样喊它。它黄色微倦的眼睛，长久地打量我，渐渐就估摸出我这样一个生命，怀着的灵魂里爱世间的分量，究竟有多少。

大橘嚎叫

春天来了，最明显的标志是一清早起来，大地极其明亮，风黏稠温暖，鸟儿不知疲倦地一直到正午还在密密地叫。此时的猫，脸上突然有了笑容，它们在太阳的金光里热热地打个大滚，力量和淡定就全回来了，活着，并优雅愉快安静，强者和悟者的独家本领。

爬树的本领，大橘盛春第一日大脑一热决定执行。我如一个标准的北疆哈萨克族妇女，认真打扫门前花墙下的空地，听见大橘在梧桐大院里叫，一声又一声，探身去寻，蓦然看见对面水泥楼身上有猫尾巴光影在晃，原来大橘正在古老大树的半途。

你下来呃。我为它指明道路。

却往灵峰寻雪隐，仙人送炭喵星人

燕将明日去，秋向此时分

夜半幽会的大橘和小黄

像猫一样相亲相爱

它说好呃。于是掉转身子，头朝下尾巴去到空中。但是它很快就发现，虽然有铁爪，但倒栽葱依然是一件很危险的活儿。

我去到楼下接它回家，它已经顺着古老大树飞身一路攀爬，登上枝丫，再一跃，已然站在三层楼顶的平台上。

现在，它变得很小很小，一颗小小圆圆的脑袋对我声声嚎叫。回到大树上去，我指导它。它表示那是不可能的，绝不可能。

于是正午还在院中花盆里如盛世乞丐富足的大橘，到了金色傍晚时，已经变成一个去到西北有高楼的孤零零绝望之猫。

我绕楼三匝，希望大橘能鼓足勇气从楼顶跳到楼下的小平房屋顶，大约六米射程。我又进到楼里，去到顶楼，渴望有一条通往天空的幽径。无果。

夜里点点和她的妈妈来吃饭。泡菜肥牛炒饭，百合猪蹄汤，我们吃得魂不守舍，因那大橘在楼顶身披星光声声嚎叫。

睡前我和金宝去院中瞭望楼顶小圆脑袋，它当然在，几乎是一颗我够不着的星星。小平房顶蹲着一只仰望大橘的猫儿。是小黄。大橘的女朋友。对面八十九岁老奶奶养的猫儿。

夜里大幻想。比如在小黄的鼓励下，大橘跃下六米；比如大橘脑洞大开，回到古树伸到楼顶的枝丫，原路返回，拍打家门，终于回家来。

然，天亮，金宝闹着要出去，而家门口并没有大橘蹲坐的身影。金宝去到院子，大橘睡了个囫囵觉，听见金宝叫声，复又嚎叫起来。

淡定的我开始打电话。119。那边说如果是搬走马蜂窝这样的活儿，才可以接，猫是活物，即使去了楼顶也不一定能捉住。家政公司。我们不接这样的活儿。寻觅抢险公司。114接线员小姐说，呃，没有这样的公司来登记。

也就是说，大橘如果不自救，它的未来就是在楼顶变成一具干尸。

我出马了，拿出田野调查的本事，询问了院中遇见的五个居民。他们或者在修理自行车，或者在晒衣服，或者在倒垃圾。去楼顶？不知道怎么去！这是四个一样的回答。干尸。我的心里多沉重。第五个人告诉我，进到三楼过道正中，有个天窗。

我用一把现成的木头梯子攀上了天窗，那里遮挡着一块秘密的铁板。我用一根棍子大力拖开它，探出半个身子，喊出大橘的名字。我的大橘奔跑过来，若骄阳似神兽，被我拎起，与我一同下木梯，并在下到一半的时候潇洒扔到地上去，以示全胜。

点点后来问我，那小黄第二天清晨依然守在平房屋顶等大橘下来吗？我说是的，小黄一直在屋顶静静地等待，我在清晨一出门就看见它了。

大橘回到家，和三宝五宝金宝打过招呼，吃喝一通，就去了院子，把平安落地的消息知会女友小黄。很快它又回来了，与三宝拥抱在一起，补昨晚的觉。昨晚凄惶的它。昨晚忧愁的我。

大橘荡

如果大橘和我同时在清早出家门，我朝79号大院的大门走去，它一定会跟上来，拿出狗的架势，快步的，认真的，对世界无所畏惧的，跟上我，那认真的劲头简直可以一直跟我走到单位，进到我的办公室，然后一整天陪伴我。但是这样不行。于是我在大院门口停下脚步，转身告诉它，你得回去。

它就钻进了汽车下面，探半个身子看我，躺倒，仰起肚皮，让我摸摸它。我去到它身边，蹲下来，摸摸它，它的眼睛一直凝视我。然后我就出了院门，向左边一拐弯，大橘看不见我了。

半个白天它就在院子里晃荡，和另外一些猫打招呼，比如大狸猫、小黄、小豹。院子里的猫并不多，它们是命运和岁月固定下来的流浪猫，而几乎没有新来的流浪猫，只有原住猫生产出来的婴儿猫在这个院子里响亮地诞生，比如大狸猫上一次生出来的小黄——大橘的女朋友小黄是大狸猫的孩子。比如大狸猫在2018惊蛰前生出来的五个小猫。八十九岁老奶奶说，三只是狸猫两只是黄猫，那么你拿去两只？

她渴切地问我。她在春分日要到来的时候穿上了绣花的白衬衫，腕上戴了一个沉沉的实心金镯子，坐在花坛边，用手杖撑着自己的半个身子，在艳阳天里看着很美。她笑眯眯地说，你家成了动物园了。她又问我一次，多养两个还不是养？

我和我的四个小朋友，辗转于一座巨大的城市，互相不离不弃，顽强地生存并快乐，但是再多两个，甚至一个，都几乎很吃力了。老奶奶二楼的家的窗子正对着小平房的屋顶，大狸猫麻溜地从屋顶飞身跃入窗子，它的五个小婴儿猫正在里面努力地睡觉和睁开眼睛。我每天打包的剩鱼剩骨用热水冲洗干净，带回来，老奶奶端给大狸猫吃。

大橘在院子花坛的花盆里晒着太阳，蜷成一团，睡着了。梧桐叶子一直在落，夏天几乎就要到来了，而去年的枯叶还在落，刮风，下雨，落得更多。我的大橘在落叶美好的身姿里，睡着了，这是我们共同拥有的古老的梧桐大院送给我们的静谧之美。

我午休时间回家里看它们，大橘从某个汽车底下、某个花盆里起身，朝我走来，那懒洋洋的步子，身子拉得好长，几乎不美丽，它跟随我进到单元门，上磕痕斑驳的水泥台阶，走过长长的水泥楼道，在我的腿边走着轻快的八字舞步，回家了。

它有时也喜欢蹲坐在家门口的花墙上看院子，而不下到院子里。它很安静、很长久地蹲坐在固定的位置。我敞开着家门，金宝进进出出，三宝进进出出，大橘望着院子，终日在小平房里活动的小黄看见了大橘，小心翼翼爬楼梯上到二楼找大橘。

那么，小黄终有一天也会做妈妈吧，而且孩子的父亲正是我家大橘。我要不要负起责任照顾大橘的亲生孩子们呢？这个问题真是令人快乐令人忧愁。

三宝探险

大橘和三宝在门前的花墙下说话。

“我回来了。”大橘说。它的肚腹上沾着枯草叶，尾巴上也有。

“楼下安全吗？那里究竟都有些什么？”三宝问。

我敞着门，花墙的风和客厅小窗的风对吹，窗帘飘飘，初夏清凉。五宝永远藏在卧室里、窗帘后或者薄毯子里，蒙头大睡，遗忘世事。

我擦地起身，发现花墙下的三宝不见了。大橘在花墙上假装不知情，呆呆看梧桐树。那么三宝呢？我去三楼找，未果，又去一楼，也无。对着院子叫了十数声，哪里有那个大胖白猫的身影呢。天已湛蓝，半月金黄，空气中炊饭的香味，底色却是植物叶脉的芳香。

我早已被它们锻炼得淡定，兀自做饭洗衣沏茶，夜深沉路灯大放温柔光的时候心里凛然一动，下楼去，月亮清影流动的花坛边，一个白胖子和一个橘胖子坐得端正，似在闲聊，又顺便观察院子里是否有别的小生灵突然现身。

它们认真端坐，冷不防被我一手一个抱起来。那么，回家睡吧。

下一次我还要去院子里玩儿。三宝对我发出心语电波。我用心语电波回答它：可以。

下一次门依然敞开着，三宝如滑溜的鱼，下楼一转不见了。

我哪里就能放心呢，尾随而去，上下翻找，楼后也去了，那里喜欢大叫的小个子白狗立刻仰脸叫起来，几乎把天空戳出一串窟窿。

三宝会去哪里呢？这样一个老练的大坏猫，定能顺着原路回家来，况且我们这老梧桐大院幽静、民风淳朴，院子里的大狸猫小豹小黄每日都是大摇大摆来去，并无凶险事情发生。

三宝在一个小时之后轻轻抓门，闪身进来。

三宝热爱的花墙，蹲坐在上面，和自由的空气融合在一起。

大橘在院子里某个废弃的花盆里睡了一个很长的下午觉，就摇摇摆摆回家来了。它有时敲门进来，有时在卧室的小窗外敲玻璃。它一敲玻璃，三宝和五宝就凑过去，恨不能给它拉开纱窗。

大橘的腹部和尾巴沾着枯叶，带回家来。床上落下，地上也有。我清扫床单，擦拭地板，这些小小的枯枝败叶我触着，就仿佛大橘是一个小小的孩童。

大橘又嚎叫

猫君认为我搬着一架三米高的木头梯子，去把天窗用一根铁棍子推开，钻出天窗，去到三层楼的屋顶上，抱起大橘……一定是自己想生活更忙更惊险，于是觉得充实，而心满意足。

我被这谬论支配得脑筋顺从，哈哈大笑，虽然知道自己并不是这样一个作女。我的人生指路明灯：凡事发心乃真诚明确，平朴顺应尽心，便是心安。那个初春日的深夜几乎凌晨，大雨黑亮瓢泼，我和三宝五宝金宝守着电暖气对又一个渐走的冬天悠然说再见，却不小心听见大橘的嚎叫——它只有去到屋顶才发出这样的撕扯状嚎叫。我的心里一惊，众宝也竖起耳朵面面相觑，这样湿冷的夜晚，难道要我去搬梯子？去爬天窗？去把头发和身体放在冰冷的大雨里？大橘不放过我。它顺着古老大梧桐、皮毛被暴雨打击，一路高歌上三楼屋顶，然后嚎叫，等待我去接它。它知道我定会从天窗爬出救它，于是干脆坐到天窗的位置大叫。

像大橘一样活着。那天猫君看见大橘在春光流金的院子里闲闲乱走，假装谁也不认识，也不愿任何人来认识它，于是猫君叹曰："像大橘一样活着。"

这样的活法就是去到暴雨的屋顶，命令人来救它，并假装不知道爬木梯的事情既危险又辛苦。

三米的老木头梯子，曾刷着棕红色油漆，那漆早已剥落得只剩下油亮木头的光，我将它支在天窗下的墙上，颤颤巍巍向上爬，若梯子成心向左或者向右或者向后滑去，我滚下楼梯或者趴伏在地的巨大重力，会有多大呢？

雨瓢泼而下把天窗的铁皮板拍打得噼啪作响，铁棍子推开天窗，雨水就汤汤而下令我的眼睛无法睁开，大橘发出表示吃惊和喜悦的叫声，短促清亮，还有一点小小的疑问——呀，你怎么来了！或者，呀，你这么快就来了！这个浑身湿漉漉的橘色大猫儿，被一个愤怒的英雄一把拽住皮毛，揪扯到自己的怀里，然后我们一起下陡峭滑溜的木梯，下到一半，我将它扔到地上。

金宝等待我们多时了，它们俩并肩小跑，回二楼的家里。而我还需用铁棍子把天窗板推回到原处。许是那夜的雨太黑太冷太大，我再没有任何力气将天窗合上。雨水顺着天窗涌灌入三楼的楼梯口，抵达二楼的楼梯口。愤怒的英雄渐渐变成悲伤的英雄。她在半夜的电暖气边无法入睡，渐渐听到楼道里有男人低语和走动，天窗被推上的声音，关门的声音。大橘小小圆圆的脑袋，如果没有出现在三楼的楼顶，便是我们的太平盛世。四月的梧桐大院，梧桐枝叶蓊郁，整个屋顶都被新来的绿色覆盖。在一个好春光的正午，我去救大橘，钻出天窗，屋顶阳光的金色和新叶的繁茂，令我心里发出一个大大的惊讶的泡泡。

大橘仰身假寐，我去到它的身边，抚摸它炙热的皮毛，也仰躺下来——天这样蓝啊！静谧无人！暖风芳香！像大橘一样活着吧。

大橘椅子

一楼有屋檐，二楼三楼有灰色的水泥露天长廊，楼顶是千条万条梧桐枝丫的覆满，无论阴晴天，绿叶都如宝石闪耀，无论清晨还是白日，鸟儿闲闲的几声叫就会荡来，没有车轮滚滚，只有洁净的被单和衣物展开在梧桐树下晾晒，这是我和大橘三宝五宝金宝居住的地方。

屋檐下敝旧但依然结实的大椅子，屋檐下的夜灯亮着，我的大橘在深夜睡在这把大椅子上，安然极了。若一楼人家里的人开门出来看见它，会驱逐它吗。显然从未驱逐过，所以大橘会如此坦然悠然地睡着。它睡着了，一个柔软的团。

那天我在凌晨从机场回来。进到院子里，满院好空气，清凉温软，纹丝不动，花草馥郁，我对着花坛轻轻喊一声，大橘。这个时间里大橘总是在外面的。然后我就看见一只大黄猫儿正在一楼屋檐下的大椅子上酣睡。它睡得实在太香了，既没有听见我喊它，也没有感觉到有人正在靠近它。

屋檐下黄黄的灯光笼罩着它，就像世界温情的眼睛。我在大梧桐树下恍然觉得这应该是三十年前的中国。

我一手拉着行李箱，一手抱起大橘，它软软的，热腾腾的，一丝儿也不惊慌地半睁开眼睛，看清是我，立刻又睡去，就在我的臂弯里，保持着蜷成一团的睡姿。

那之后，我常常在深夜里下楼去接它回家，而它正在屋檐下敝旧结实的大椅子上昏然睡着。一楼人家进进出出，没有人去惊扰它。

回到家的大橘吃喝好，又被我勒令着梳毛，梳下乱毛和草叶，这才跃上床去，继续睡。它睡在哪里呢？我的枕头上，它长长地伸展开两个胳膊，一个枕头被它覆盖满，豁出两颗小白牙，睡着啦。

我的长长的黑头发在夜里就在它的全部的身体旁散开着。它的呼吸，它的清凉的唇，它的热腾腾的身子。

三宝很是羡慕枕头这地盘，于是也占领过好几次，用身子覆盖之。至此，我的头发边每夜每夜都是和猫儿们在一起了。

双黄傍地走，焉能辨我是猫狗。门一开，金宝小黄狗和大橘大黄猫，就一蹦，并肩匆匆跑过长长的水泥过道，下水泥楼梯，扑到梧桐大院里去啦。

三宝柔软地探身到花墙上，望外面的世界。

那是另一个世界，它其实不能进入的。车来车往，楼林，公共绿化带，流浪的猫狗疲惫地奔逃，一生，最后死于不存在的旅途——因为没有一个张开的怀抱在前方。没有那个等待的怀抱，所有的奔走就都是徒劳。

金宝热爱当牧猫犬，它从前是扛着大橘回来，现在它知道大橘已然是放养猫了，便放弃管它。它用脑袋拱三宝，又用身子扛三宝，就这么又堵又顶把三宝赶回家。

天渐春暖，猫们静静地坐在窗台上，看外面的景，一看两三个小时。我也随着它们的目光望出去，鸟儿在古老的树梢上飞飞落落，院子里有老人坐在小马扎上打盹儿。猫们对老人不感兴趣，它们感兴趣的是鸟儿，那美味。我当原谅猫无辜的残酷。

金宝和大橘在院子里做什么呢？我做完家务，摘下围裙，对着花墙外面喊它们。顺着长长的水泥过道，下水泥楼梯，去找它们。像一个沧桑的白发老妇人，去风中找一截青年时代丢失的温暖木头。

从汽车底下钻出来两个黄。原来它们并没有分开，依然并肩地走走看看玩玩。我左手抱一个右手抱一个，带它们回家。

寻夫

大橘蹲在花墙上，小黄看见了，就顺着楼梯上到二楼，它们在过道里互望。寻夫记。它们几乎每夜都是一起在小杂屋里睡觉或者玩耍的。

三宝蹲在花墙上，小豹看见了，就顺着楼梯上到二楼，小豹在过道低低吼叫，三宝凝然蹲坐如钟。那声音我一开始听成了锯木头，我一面洗衣服一面想，谁家一大早就开工做活呢。后来我喊小豹进来，它猫腰溜走了。

金宝前些日子被车撞了，大难不死，今日一瘸一拐去院子溜达，不多时，楼后刚出生的小奶狗尾随它来家，低声吠着，命令我速速交出来好吃的。小个子小白狗生下了一只全身黑亮的小狗。我给它端来牛奶，分它小半碗西红柿鸡蛋面条，它立刻娴熟地吃喝了起来。

如若我就这么开着门，在清晨，在傍晚，不仅仅是飞鸟和梧桐剪剪的翅膀划过天空这么美，这些安静的小朋友们的纷呈之行动，多么令人怜爱。

大狸猫和小黄正在爬对面楼下平房黑色的瓦檐，这个小屋顶可以爬到二楼八十九岁老奶奶的窗边。若窗户开着，大狸猫就一翻身进去了，当老奶奶一觉醒来，会看见沙发上大狸猫抱着脑袋睡得正香。若窗子关了，大狸猫腾跃到近前也无计可施啊。我看见它带着小黄逡巡复徘徊，在瓦檐那里踌躇了很久了。小黄是怯人的，即使睡在院角小杂屋里，那里面有用旧棉絮为它做的温暖小床，即使老奶奶和她的两个儿子每天清早轮流为它和院子里任何时候愿意出没的一干流浪猫端来猫饭，小黄也不愿意或者是不敢走近老奶奶的家。

而它的母亲大狸猫就是江洋大盗，我刚搬来梧桐大院的第一个清晨，看见它顺着一楼的水泥楼梯爬到二楼，在老奶奶的门前大叫着要早饭。然后早饭就变出来了。老奶奶拄着拐杖端着猫饭颤巍巍下楼来的样子，那一霎真让我惊喜啊——天使依然在人间。

小黄的身子是淡橘色的，四个爪子是白色的，柔婉的小女猫。大橘全身都是略深的橘色，毫无渐进或者鲜明之图案，它的表情又总是慵懒甚至是草率的，那表情似乎在说：“我果真就是不好看嘛，所以请不要热爱我。”于是成了一只大杂院里的混混猫。

我曾在一个小雨的傍晚匆匆回家，看见它们俩正在墙边玩。墙边有什么呢？一只旧草帽被风雨吹得乱翻，一个旧纸箱，它们跳进跳出。我把洗干净的剩带鱼喜滋滋从纸袋里端出来。大橘立刻大吃起来，小黄使劲用眼睛看我，那意思是你何时才走呢，你走了我才吃。

我记得它们吃带鱼的那个傍晚是2017年的大年二十八。这一天我搭乘飞机飞往遥远的大海边。那里有一座极其干净美丽大方的城市。那里有一个人等我很久了。我带着大橘小黄三宝五宝小豹大狸猫它们众猫全部的注视和祝福——我的静美的后半生就这么突然携住猫君的手，出发了。猫君开始为它们绘画。

这就是梧桐大院所带给我的吉祥。我常常同众猫一样啊，倚靠着花墙，凝视，广大世界。

世界便听见了我微弱而坚定的声息。

大橘又又嚎叫

现在是2018年初夏，院子里二十几棵古老大梧桐把我们笼罩得严严实实，花草格外芳香，晾晒的衣服被子清洁鲜丽。我清晨张开嘴喊出的第一个单词就是：“大橘啊！”

满院子如炸响一个春雷，又好似两个月亮相击打的哐然响亮。然后一个回答我的声音迅速回应了我。

我顺着声音探出并扭转脑袋，大橘正在三楼顶探半个身子找我。

一个小小的圆圆的脑袋，在高高的楼顶上，无辜呆萌地对你说，我好怕怕，麻麻快来救我。

昨夜我回来，在昏暗暮色里，惊见一只猫在

楼顶大叫，那么就是大橘了，又惊见第二个猫儿从树顶一跃，去到屋顶，再惊见第三个猫儿从小平房屋顶一跃就上了树，然后用五六秒的时间蹿到了树顶，也去了楼顶。

飞檐走壁啊，轻功啊，水上漂啊，原来都是猫儿的秘功。但是为啥别的猫上了楼顶玩玩就飞檐走壁地回家了，而只有大橘上了楼顶就开始哀嚎。

哀嚎的大橘在夜里被我救下，然后清晨它又在楼顶表演哀嚎。

我娴熟地攀登木梯，一把拉开天窗，一把揪住翩然小跑来的大橘，然后把三米高的梯子抱回原处。这时候三楼的一个每天坐在轮椅上的老奶奶发言了，她说："烦死人了！用绳子把它绑在家里！"

我和大橘假装糊涂以及耳聋，跑回二楼自己家。原来大橘早就被这个院子的人默评为最讨厌的猫儿了。原来不知不觉中我们就混得很差劲了。但是我们假装呆萌，无辜地昏睡。

串门

大橘这天一点儿都不想回家。它先是在小平房屋顶大树的浓密枝丫底趴着出神。然后去对面二楼八十九岁老奶奶家的窗户边晃荡，突然一跃就上了窗台，再一迈脚进了老奶奶的家。

这个路线向来只是大狸猫的呀。大橘为何要进到老奶奶家里呢？盖因为猫儿知道哪一个是善良人，就会靠拢她。第二个原因，老奶奶家里大狸猫春节后生下的五个孩子初初长大，它们的叫声和气息吸引了大橘。

大橘很想去查看一下萌猫有多可爱，于是它就去查看了。它对我们一干老迈是一点儿兴趣都没有了。

叫小豹的猫很是倾慕三宝帅哥的风姿，于是主动上二楼来，深情地凝视。三宝做出吃惊和羞涩不安的样子，把身子和脑袋扭来扭去，假装在寻找什么要紧的视线，最后钻回家里蒙头大睡，忘记尴尬的被爱上。

大橘的叫声是一律四声，下坡音，沮丧的，无助的。三宝的叫声是洪亮的二声，上扬音，威严的，命令的。我的耳朵越来越耸然了。它们夜里在院子里追逐着把花坛附近跑遍，然后喊我去接它们，它们一呼唤我，我就飞身下楼去了。

大橘沐浴

风和日丽，花墙上殷勤给大橘梳毛，陡然发现它的尾巴格外藏脏，像是无数次搭落在任何一个泥灰满布之所。

于是在这初夏的傍晚，见它正好没有离开家四处浪，卧在花墙上无辜看风景，我便一把捉住它，直接进了浴室。

两大盆温热的水，两条毛巾，一条洗澡，一条干的，用来擦浴后的湿身，猫狗专用浴液，我蹲下，将它摁入热水。它用一连串的四声音表示不喜欢。不喜欢啊不喜欢。但是大橘的好处就是虽是浪子却极其温柔，再不喜欢也断断不会大力扭动身子以逃出浴室，更不伸出利爪兼及歪过脑袋咬我的手。若是五宝，会对准我的手背一口咬下去。若是三宝会一把推开我一溜烟就去了床底。大橘多么好，我一手固定，捉住它的两只前臂，就可以不那么忙不迭地有序操作了。

水多么黑啊。不是灰黑，是黑，虽然未达墨黑。隆冬开始停止为它们洗澡，到现在也有半年了，半年里大橘每日每夜，说走就走，在花坛里，乱草里，屋顶上，瓦檐下，杂物中，任意坐卧攀爬，终于成为一只潜伏着脏的猫。

委委屈屈洗净，吹风。它坐在藤椅上认真舔毛。我对围观的五宝说，你也洗澡吧。五宝立刻就钻进了床底深处。三宝装作淡定，实则已经准备好逃跑路线。我看出局势无法掌控，便放弃大扫除行动。

难道被洗澡很累？大橘昏然睡去，在我的枕上，从暮色至睡到第二天大亮。它从窗子跳出去，作为一只清新小公猫，扑入了美丽夏天绿色。

我用周末的白天给金宝洗澡，清洁陋室，把不多的家具重新摆一遍，做素食吃，喝工夫茶，看太阳移西，终于决定去清风院子喊几声大橘的名字。

大橘没有负我，迅速回应了我。只是它的小小圆圆脑袋出现在了我最不想看见的地方，三楼的楼顶，它俯下身子望我，用四声对我说，救我！

天光很亮，我心想，倒也不难，我只在黑夜里害怕爬梯子。款步上三楼，轮椅上的老大娘用冰刀的刀锋唰唰看我三秒，我心里暗说，仿佛有不好之事。我再去取那三米高的木梯，竟然空气一样消失了。我再举头望天窗，被多加一块板子，难道被封住？

水浒中才有的老大娘发话了，此天窗不可以再开。然后她就继续望院子的莫须有风景，间或吐痰，发出风箱动静的呼吸。

我只有去楼下，瞭望圆脑袋四声大橘。它盯住了天窗，而放弃对大树的思索。它围绕着天窗，焦急等待我打开天窗抱住它。

我只得回到三楼，抱着胳膊看闭合的天窗，以及想念三米高的木梯。此时大橘已经不耐烦至极。想从前我救它统共五分钟盖板就推开了。可是今天我已经上下求索二十分钟了。大橘开始捶打天窗的遮板，用爪子扒，用脑袋顶。一直捶，砰砰作响，惊天动地，气坏我大橘哥了，它可从来温柔蔫坏似水啊。

水浒大娘岿然不动，捍卫人间沧桑正气。

她的保姆替我求她，理由是这猫儿这样捶打一夜，人就不得睡觉了。

大娘松动了。于是被告知梯子藏在过道最顶端一个密室里。我被大赦，举着久违失散的梯子飞快来到天窗下，推开一块又一块遮板，就看见了那个多么亲切的圆脑袋。

大橘的未来究竟会怎样呢？我顶顶害怕生活中突然现出一个水浒或者三国人物，立在大路中央，向我作难。保姆末了对我说，梯子还放在原处吧，不用放进密室了。

人间温暖，总在小人物这里。做主子的轮椅上的大娘掌握住大橘的生杀大权。

大橘不羁

大橘在遥远的2018年2月的一个周末顺着古老大树，攀登上楼顶，在那个傍晚金色的光里嘶嚎。

这是它第一次喊狼来了。它几乎喊了一夜，到第二天清晨继续喊，中间大约在冰冷的屋顶上蜷成一团睡了一觉，那时候我们一干庸人也睡着了，虽然内心忧怅。

我在那第一次里无论是黄昏，还是第二天清晨，绕着楼前楼后寻找救它的办法，就看见小黄在小平房屋顶上走来走去，遥遥望楼顶那个小圆脑袋，很是着急。

到了2018年4月下旬，期间大橘无数次去楼顶喊救命。最近的这一次，大橘嚎叫的时候，大狸猫在院子里看不下去了，径直进到楼里，上三楼，寻找一个办法，看是否能帮上大橘。

大狸猫几乎没有来过我们楼里。喜欢来楼道和三宝会面的是小豹，俩猫在花墙上含情脉脉对视半个小时以上。喜欢款步来和大橘会面的是小黄，也是在花墙上脉脉对视。而大狸猫真的从没见来过。

现在它来了。当然是为楼顶喊救命的大橘。它见我上三楼，立刻下楼跑走了。

它们猫儿的世界如此深情、清明，端的正是礼义二字。

所以会有自闭症患者，因为不适应人类社会的交际——那百分之五十的为着天气打哈哈、眼睛和心灵狡黠转动，百分之二十的冷漠，百分之二十的“只要讲一个道理”，百分之十的虚弱的热血。

猫的社会里，端的是真实二字——大橘它们一定是这样的心音：原谅我此生放荡不羁爱睡觉！爱出门找朋友去！爱善良和温暖！爱独立！爱洁净！爱雨天或者大雪天或者大风天和一家人围坐壁炉的火！爱听家人温柔说话的声音，于是我们酣睡！爱思索！爱远方！爱诗意！所以一跃便进到大自然的怀抱。

在昨天狂风暴雨的夜里，白天出去游玩的大橘奋力敲打卧室的窗玻璃。它回来了，橘色的身影贴着玻璃窗，面容严肃，眼睛圆睁，从拉开的窗子那里一跃，一身的雨水，进到温暖的家里。

在北方，冬天会大雪封门封窗。我很想念那个白雪皑皑无边无际的世界。那时的我们，炭火红艳，猫咪乖巧，我们围着炉火吃一些零碎的好吃东西，猫儿和我们一起，细细地吃。那样的太平时光，我在老梧桐大院里珍惜地一点点寻回来。

而大狸猫那天一路芳华上三楼，真的是去陪伴和拯救大橘吗？很多人类喜欢嘲笑我们这样的愚蠢爱猫者，他们说，全是你们想象的，自恋不可活也。

然而点点妈妈告诉我一个事情。她说那天中午来看望一干小家伙，走过花坛，就看见一楼门洞大橘飞身嗖嗖打算上楼，大约远远瞥见了点点妈妈的身影，遂决定回家吃喝睡午觉，然，一只大狸猫从后面更飞快地奔上去，拦住了要进楼的大橘。

点点妈妈说，那大狸猫对着大橘说了一通很紧迫的话，那身姿显然是拦住大橘，请它不要回家。大橘惯常的呆萌表情，思索了几秒钟，转身跟着大狸猫又懒洋洋在梧桐大院里混玩去了。

点点妈妈说，它们当时交流得很紧迫，令她看得惊心。

为什么要惊心呢？即使像点点妈妈这样关心小朋友们的好女子，也会被动物的情感世界弄得伤感。

为什么要伤感呢？因为慈悲心。因为它们那么弱小，那么美好——世间春花秋月夏凉风和冬雪，都如盛年的繁花，易永逝啊。

猫君说，不能因为生命总会消逝，就悲观。情感也是同理，不能因为无法预知的未来，而消极。每一天的坚定，构成的就是永恒啊。

中国妇女

送给院子里的猫的豆，用小纸碗盛着，放在僻静角落。我今天清晨出门，一只大鸟扑棱棱从角落的小碗边飞走，纸碗打翻了。大鸟儿是吃猫豆的，它斜斜的近近的真实的灰黑身影真令人感到天光美妙，于是风是三十年前的安详。

院子里每天都会有静静的变化中的美。春热时候鸟儿四点半就发出第一声啼叫。春天的暴雨来的这些天，鸟儿到了五点过才肯抖一抖羽毛，醒来，喊出一声叫。我喜欢那一刻，无论春夏秋天，因为是和鸟儿一起醒来，或者是等待它们突然全部醒来，在大树的梢头，它们在淡淡玫瑰蓝和金、沉郁顿挫的灰的天光里等待太阳到来——那极亮的极硬的

猫民代表

王的凝视

在北方

我要红

极明快的金线，迸射扑打到地球上来，于是鸟儿们开始飞翔，高歌，游戏。它们常常两两一起，稍有分开，旋即又并排在了一起，真是好的爱情。

一年中最好的季节，就是现在啊。我这样想着，微合双眼，细细听，人世间最后的鸟儿叫，我竟然身处其中，无上珍惜啊。这世间还有一样最动人最好听的声音，就是和鸟儿几乎每天一起响起的、大扫帚清扫大院子的声音——刷，刷，刷，落叶归拢到一起。我听见这大扫帚响起来的利落声音，而天光尚未大亮，甚至是浅灰的，蒙蒙的，鸟儿还没有叫，这个提起大扫帚前来的人，要有多勤劳耐苦呢。我静静地躺着，猫儿们见我不起来，也都不起来，但是窗外的，或者说世界上的，最美妙的不过仅此两种声音：洒扫声、鸟儿转醒来的叫声——为我们所享得，我们几乎沉醉，觉人生安好，心灵太平，无上无量福是也。

因为天光太好，大家都纷纷往绿色涌动的风里去。最近我常常一转身发现家里只剩下我一个人。大橘去了小平房屋顶混猫的社会。金宝下楼，不多时我听见它已经在院子的最深处吠叫。三宝去花墙的两盆黄玫瑰边蹲下，眯着眼睛看光怪陆离的花坛，那里突然就会冒出来一只猫。五宝有残疾且胆小不能走远，于是它在春热之后便把窗外的沿台当作自己融入自由空气的据点，那窄窄的水泥沿台，它认真地伏卧着，面朝一棵古老大树，唇边似乎在微笑。

我就像三十年前的中国妇女，在屋子里转身来转身去，每天做的全是清洁的活儿。当它们一个一个玩儿尽兴了，堂堂然进门来，我已经心中有数为它们分好了各自的美食。

天光墨蓝之后，春风又凉，我在客厅的长桌子上写作，它们便全部围绕过来，安静假寐。到了夜深，我去卧室看书，它们又一个一个围绕在了我身边。总之，我在卧室里的时候，那客厅再空旷，也全然不会有任何一个宝宝留下。

鸟儿四点半到五点转醒，婉转地一叫，大橘就抖搂一身星光，回来了。它捶打玻璃窗，发出四声的呼唤我的声音，那声音里有命令和抱怨——嫌弃我太慢。这是我听见的人间第三个最好听的声音了。

大橘戏精

很久不见小黄了。或者它果真是宅女，永远待在院角的小杂屋里。那里终年阴凉，几道阳光从稀疏的房梁上射进来，幽静极了。最近小杂屋铁门总是锁着，我虽牵挂小黄，但也无法查看。也或者她跟了某个到此一游的男猫去了别的街区混。但我们几乎不相信有这个结果，因为我们全体都会坚定认为老梧桐大院是最好的院子，谁会离开！

八十九岁老奶奶在谷雨后的一天，趴在她家窗子那里对我说，要去天津看姐姐，两个儿子与她一起去。

她的这个姐姐那就是有九十多岁了。她们的祖籍是唐山。唐山距离天津不很远，那么，唐山人在天津，就合着一种流动逻辑了。她们都是当年唐山大地震的幸存者。老奶奶给我说过，她们的家族里只活下来一个叔伯侄子，腿砸断了，是到汉口的协和医院治好的。

俱往矣。老奶奶走后的梧桐大院，突然寂寞了下来。白天里没有一个慈爱的老奶奶善良地对着我笑，黄昏和夜晚时候对面小窗子没有灯光亮着，没有一个微笑的老奶奶趴在窗台上，对着趴在花墙上吹猫风的我说话了。

那天我送去潮汕点心，放在她家门沿上。她收到点心，第二天清晨到窗台那里趴着，看见我出来，就对我笑，对我说，今儿个就走，两儿子都陪着去，去天津看姐姐。

我这些天心里会又满足又酸楚。世间美好的感情、淘洗下来的，也只百分之一二。而这一点点美如云霞的感情，也终会杳然无痕——过去的已经永不可得，只能在回忆里珍惜或悔恨。

那么，正题是，小黄究竟真的就离开梧桐大院了吗。她可是大橘的第一个女朋友啊。五宝不能算是大橘的女朋友，它们更像是亲兄妹。虽然大橘近来总是和大狸猫在各个平房屋顶上奔窜或者嗅闻，然而我总认为大橘不会就忘记小黄的。小黄的脸圆圆的，四个爪子白白的，娇滴滴，楚楚动人，是最理想的女朋友的样子。而大狸猫就是一个大巫婆，凶悍，强势。大橘大约被她掌控了吧，这一定与爱慕是没有多大关系的。难道大橘会爱慕悍妇吗。

谷雨到立夏这段梧桐树叶疯长的时光里，三宝在某夜和大橘并肩闹开大门，出去。我半夜里开门去望，门前空空。清晨五点多，鸟儿们欢叫的时候，它们两个捶开大门，并肩回来啦。这是开端，之后的三宝就来去从容，终于从家猫成长为了一只散养的猫，且心中有数家门是几楼哪一个，严格要求自己不能跑到院子外面去，清晨一定要回家。

这夜，它们俩又并肩出门去，消失在了梧桐大树的夜色里，看客心里很是安全。人们都睡了，没有慌乱和喧嚣，没有车水马龙，没有凶恶的人用脚或者棍棒或者石头投向小生灵。我简直舍不得睡去，就和金宝去花坛那里走走。蓦然听见大橘在叫，我仰起头，楼顶虽夜色枝叶浓重，但它的小小圆圆脑袋正对着我大叫，一定是它。也就是说，它和三宝以及我不过就是前后脚下楼到院子，而它立刻飞蹿上大树直奔楼顶，并立刻呼救。

如果你爱一个人，那怎么会有什么原则呢，不过是柔软的一大片、蔓延蔓延，容纳。于是我温情满满上三楼，扛三米高的木梯，推天窗。这可是凌晨一点的时间啊。轮椅老太太已经熟睡，我大可不必担心她突然紧紧守住天窗不许我救大橘。然而，大橘的圆圆脑袋这一次坚决不出现在天窗口那里，从前它可是飞快就跃下，跃到木梯上，再被我投掷到地上的。

大橘坚决不出现，我顶着天窗的胳膊也渐失力气。耳边听见金宝狂吠。我们这一家子真是讨人嫌啊。赶紧把天窗推严合，下梯子，带金宝离开现场。

而金宝方才为何突然狂吠呢？原来它眼见一个猫儿从大树上用五秒钟的飞檐走壁，就回到了二楼的花墙上。我哪里知道这一幕呢。当我回到二楼的时候，惊讶地发现花墙上蹲了一个几乎和大橘一模一样的猫儿。我扳住它的脸、它的肩膀，又抱回到屋子的日光灯下，仔细看，发现这就是我的大橘啊。它一番历险归来的样子，赶紧吃几口喝几口，就去枕边舔舔毛睡下了。

带着巨大的狐疑，我也睡下了。一桩不解公案，只能按下不表。

清晨六点，大橘表示它已经睡了一夜了，时不我待，它得赶紧出去浪，方对得起生而为猫的正确举止。我和金宝晒被子，五宝去窗沿吹风，三宝在花墙上观察大狸猫的出没。大狸猫这大巫婆，已经同时掌控了三宝和大橘的心。

我正将被子搭在院子的晾衣竿上，楼顶蓦然传来求救声。大橘正在天窗的位置看着我。我能不救它吗？当然不能。于是重复每一次救它的程序和动作。同昨夜一样，它不配合，它的脑袋没有飞快来到我的木梯边。我决定暂且不管它，等它急了的时候再来救它，那时候它就会飞快跃下。

当我和金宝回到二楼家中，是的，家中！五宝吹风的窗上，还有一个猫。大橘！它闲闲坐着，就像已经在这里和五宝喝了很久的茶，看见我出现，也只淡淡瞥了我一眼。

因我向来心中装着太多事情，所以无法在某件事上被羁绊。按下不表，才是人间好智慧。我午后从单位回家。大橘见我回来，立刻快乐地飞奔出去。然后我就听见楼顶有猫儿在捶打天窗。依着我的性格，当然又是扛起梯子上了天窗。而猫儿再次不肯从天窗跃下。我决定爬上楼顶看个究竟。

我这被大橘训练得灵巧的身子，很麻溜地就上了楼顶。那里草虫飞舞，枝繁叶茂，遮天蔽日，野草青青。两只黄猫儿正在愉快地回头看我。一只正是我很久未见的小黄。另一只是大橘。也就是说，小黄没有离开梧桐大院，这是一件多么令人宽心的事。那么大橘呢？我说，跟我回家吧。它跑了起来，几步之后，轻松跃上大树的一根斜到屋顶的枝子。大橘继续回头看我，那意思是，你要一直看着我哦，看我的！于是它一溜烟就去了大树粗粗的主身，飞檐走壁，下到院子里去了。平安落地。

我那一刻知道，从此三米高的木梯我不会再扛起来啦。从此我不再惧怕轮椅老太太。从此我再也不把自己的身体从天窗塞出去。从此，我不会担心一只猫饿死渴死在楼顶上。但是，大橘果然是一个戏精？！

它几乎愉快地微笑着，坐在五宝身边，飞快瞥我一眼。我惊讶，叹息，但依然不认为自己被它戏耍了很多次很多次，总有三十次吧。

它已然确信我是爱它的。它喜欢这个爱。它愿意无数次地用一个事情证明我多么爱它？

猫道

麻麻，我回来啦！

大橘从卧室的窗子跳进家中。

麻麻，我玩儿去啦！

大橘从卧室的窗子跳入了广阔梧桐大树浓荫里。

它觉得我总是在窗子附近活动，那么它到窗子这里一叫，我便听得真切，可以迅速放它进来，所以渐渐几乎无视门的存在了。

猫族看似岿然不动胸中有城府，但其实性子急切。比如吃罐头之前，会一脑袋就撞到了你的脚踝上，四脚划地簇拥着你来到猫碗边，脑袋和罐头一起落到碗里。比如它们叫门叫窗，你必得第一时间把门窗拉开，否则它们嘶吼的叫声，便含着了恐惧，以为门窗若再不开，主人就是偷渡逃走了，逃走的目的只是为了再也不要它们啦。

夏日蚊虫多，我便拉上纱窗。于是这租来的简陋房间的稀软纱窗，果真经不起一个猫脑袋的砥砺。某天纱窗边出现了一个豁口，再某天，豁口变成了碗大的洞。猫脑袋和猫肩膀可以柔软通过。

我一回头，五宝已经坐在了窗外窄窄边沿上优哉晒太阳。而纱窗是拉着的。

我一回头，大橘正在家里的箱子上舔毛，而方才它还在院子的花坛里吹万里无云的风。

纱窗即使没有洞，我也已经很久不拉纱窗了。五宝残疾，从不到屋外去，连人的声音都听不得，它自从一个月大时被人类的自行车撞得脊梁骨折断，躺倒在老汉口澳门路大街上，便再也见不得混乱人类了。但是五宝何尝不热爱阳光，大风，大雨，树木，草虫，花鸟，蓝色苍穹。它在那窄窄的窗外的边沿上，闭眼假寐，唇角上扬，简直就是一头狮子。夏日以来，它每天大部分的时光就是在那里吹无休无止的风。我有时担心它掉下去，而掉下去的它因为恐惧人类，必然会昏头乱窜，那么我能把它寻回来吗？而我每一次回家，它都笃定在窗子外沿俯卧如狮，胳膊撑着窗子轨道，面容宁静，对我微笑一下，那意思是，麻麻，我感到非常舒服啊，刚才又有大喜鹊飞过去了。

纱窗上的洞，它们柔软的身子，我行我素，无辜自然，道可道非常道也，我看得艳羡，当然也不必艳羡，我何尝不是如此活着？当年有人评：猫儿们个个都像它们的娘，啥样的娘就养出啥样的孩子啊。

点点妈妈问我，大橘这样热爱自然和自由，若哪一天你不住这里了，是不是会把它留在梧桐大院？

我若哲人，沉思一秒回答，大橘的幸福感恰恰来自它永远都有一个温暖的家可以回来。

三宝虽然已经有勇气每天夜深人静时候悄悄溜下楼，到花坛深处、小平房犄角旮旯里寻找奇遇，但是它依然中规中矩只会从大门那里回来。它敲门的动静是，用爪子咔啦啦地抠门边，懒得发出任何叫声，它吃准了我会从床上飞跃而起去开门。我因为深爱三宝，在它幼儿的时候就被它吃定了。七年前我们在北京的时候，它便总是命令我带它去家乐福，去药店，去菜场，去通惠河，去一切我要去的地方，而不许把它单独留在家中。三宝因为从半睁开眼睛的时候就享得了我全部的爱和保护，所以它是乐观主义者。

大橘敲门的动静是，用爪子捶拍门，同时发出四声降调的喵儿喵儿喵儿。那声音含着焦躁和哀愁，总是担心门不开，甚至永远不开。大橘其实是悲观主义者。

金宝敲门的动静也是用爪子捶拍，加几声兴奋的汪汪汪。不知为什么，狗总是兴奋的。而猫总是矜持孤高。

出去，回来，出去，回来，出去，回来。三宝在某夜如此重复。我便一夜没睡，夜半轻轻打开门，看见月光花墙上大狸猫来了，它和三宝隔着两盆黄玫瑰，都蹲伏着，互看。

我迅速取来去虱滴剂。观音有宝瓶净水和柳枝，给众生点洒甘霖。我有去虱滴剂，一个箭步抚住大狸猫的脖子，滴剂顺利点到它后脖颈的皮毛里。猫的不堪之苦，身上容易生虱虫。所以给野猫提供猫豆和清水之外，为它们点药除虫，是一件令人心安欣慰的事。

我永远记得那一日，我在夜色里回家，隔壁叫作小宝的小男生正在院子里踢球，他对我说，你家黄猫刚才一直在门口蹲着，不知道现在还在不在那里。我上二楼，一个黄黄的小小的身影，在花墙上，静静地看月光大地树影，就像不是在等我。它听见我回来，依然动也不动，只约略抬头对我说一句：“哦，原来你也在这里啊。”

我抱起它，开门，回家。一只耐心等待我、相信我一定会归来，见到我却假装一点儿也不惊喜的猫儿。这世间的最温柔最宁静，也不过就是这个了。

猫族

佛经里有婆娑世界一词，即“堪忍的人间”。

并不是说夸奖人的抗压韧性强大，能够堪堪忍受活着的不易。

而是说人世间诸多不堪忍受的烦恼（欲望软弱虚伪谄媚），如此不堪，人族却安然受着，不愿意想如何解脱，以觅得尊严和端方——也就是如何立地释然。

在佛性盎然者那里，人族承受着的不堪，如此庸俗啊，来自五浊。

其中的烦恼浊、众生浊，来自人和人交叉构成的关系大渔网，这渔网喧腾冲天，为名为利，而派生出假情、占有、自私、嫉妒、嗔恨等恶劣品性。

所以人的故事里一定用利益的抢夺，无论是地位、物质，或者情感，创造小高潮、大高潮，不断助澜，抵达大结局。好像这就是全部的人生的奥妙了。在此间寻找人活着的真理，多么愚蠢。

多么荒诞啊。在猫族这里，其他众生灵那里，没有这等事。

莱辛写她家的两只猫，永远处于抢夺上下风的斗争中。这在我看来，似乎是极其意外的事情。这七八年，我家猫来猫往。从咪子开始，三宝来到，三宝之后是虎妞、五宝、花花，中间还有小狗绒绒和顺顺，到大橘、金宝，它们之间的友好和爱惜，我亲眼所睹，不敢有半点美化。

当年三宝从大街上捡拾回来，眼睛半睁，大呼小叫又要牛奶，又要爱抚，还要咪子身体的温暖，咪子因三宝小如蚕豆，模样奇异，所以大愤怒，口中嗞嗞，不允许它靠近。但是它们很快就成了一对好朋友，一起出门去楼梯那里探险，一起回来，三宝行动慢，一个台阶要蹦跳好几下，咪子便回头呼喊它跟上。这一幕我永远地记得啊。因为不久，咪子就去世了。它从惊异三宝的丑，到对三宝的温存爱意荡漾，令我这个看客今日亦潸然。

从那时候到今天，七年了，三宝与我不离不

弃，朝夕相伴，它是家里的老大，因为之后到来的所有小猫小狗都比它小啊。都是像蚕豆那么大，在大街上无助而哀愁的样子，被我团在手心里举回家。而三宝如在莲花宝座上的大佛陀，微笑看着它们一个一个地，突然就到来了。

三宝是个小男猫啊，但是它对待一干小小猫儿们，多像充满母爱的女猫，把它们搂在自己的怀里，舔舐，呼吸里的温柔，令小小猫感到安全舒适。

所以我其实顶顶清闲的，只负责擦地，清洁。它们猫儿们会彼此照顾，给予对方多多的爱和勇气。

作为小狗的金宝，喜欢追逐三宝和大橘，并咬住它们的后腿，那样子就像是猎犬捉住了一只田野里的兔子。三宝和大橘只是奋力挣扎一下，并不生气，更不会有怨恨，它们一挣扎开金宝的嘴，就继续进入安然的冥想中。金宝说，我能靠着你们睡下吗？它们淡淡表示不反对，于是金宝就和几个大猫儿一起昏昏然啦。

吃罐头的时候，五宝和大橘的脑袋像是铁打的，坚定如鸡啄米，占满两个猫碟。三宝退后，静静看着，最后干脆伏卧了下来。它等来的是两个空空的盘子啊。但是它也只是略略吃惊地看了看，回头望望我。从来不会去抢夺，更不会愤怒。所以我当然要给它们每只猫一个碟子，每只猫一大勺罐头啊。

它们熙熙攘攘在家里，会发生突然的打斗吗？完全不会。偶尔三宝会追住五宝，把它按在蹄下，五宝则奋力反抗，逃出，躲在饭桌的一只木腿后面严密警惕三宝的下一次袭击。其实它们是在激发自己体内的野性，让自己满血复活。这场激烈运动的收梢每每是五宝嘴里呜呜着靠近三宝，三宝舔一舔五宝的脖颈，家里的空气又恢复了柔软和安宁。

从前大橘刚刚学会夜不归宿的日子里，五宝每天守在大门口等待大橘叫门，或者即使睡在我的枕边，也动辄竖起耳朵，倾听门外是否有大橘回来的动静。

金宝知道我最初不愿意大橘外出，怕它迷路回不了家。那时大橘一出门，金宝就追上去，将它拱回家。

三宝初初尝试到院子里玩，大橘陪伴在它身边，双双下楼去也，并双双回家来。从此，三宝成长为一只夜夜开溜的男子汉猫。

我所亲眼看见的小猫小狗的世界，就是如此温暖平和。没有虚伪和谄媚，没有狡诈和凶恶，没有挑衅和驱逐。所以我的自闭症大约就是来自对人类世界的完全不适应吧。那堪忍的，于我，是不堪忍受。而不堪忍受，则要在修心修行中顿悟，抵达释然安然之境。我究竟能做到吗？幸好，有它们，对我的教化。

给小黄送饭

小黄是大橘的女朋友。女朋友转正后就是太太。和太太在一起就会有相濡以沫如胶似漆的氛围，很正式的，令我们旁的人看见了它们俩，也几乎要脱帽致意的。

大狸猫非大橘的女朋友，但是它们的关系也不错。大橘在家里睡觉的时候，大狸猫就在院子里来回走，焦急地，一声儿接一声儿地叫。大橘有时候就跳窗出去，陪大狸猫上房掀花盆吹风。有时候假装睡得很深沉，也就不出去了。那么，大狸猫的身影显得多么孤独啊，我趴在花墙上，能够看见它。和非女朋友交往的大橘，显得有一搭没一搭的。

小黄在楼顶上的那些天里，大橘放心不下，常常就去了楼顶给它解闷，甚至还教小黄，如何从屋顶跃到树枝上，再从树枝上缓慢步行，去到树干，可以一溜烟蹿到平地上。小黄总也学不会，所以那一个星期，全院子的人就日日夜夜听见小黄的叫声。我之前以为再也不用爬梯子和攀天窗的想法，看来是没法作数了。

小黄向来羞涩，怕人。我一出现在楼顶，它便钻进了水泥板的内槽。两次均是。第三次，我回家装了一袋猫豆，我看见楼顶有个完整的瓷碗。那天大雨即将来临，也就是说，天给小黄送水来。第四次，我爬过天窗，看见豆吃得干干净净，瓷碗里是满满一碗的清冽雨水。

大约小黄吃饱喝足有了力气，脑洞大开，竟然在两三天后落下地来。我下班回家，在黄昏里看见一只黄色的猫儿。我喊它大橘，它不理睬我，我心里一喜，那就是小黄了。回到家一看，大橘正一脸呆萌半倚在床上望我。那就更确凿无疑地，方才那个是小黄了。

世界刷新，龙腾虎跃，没有牵挂和忧愁。

立夏这天，八十九岁的老奶奶锦缎着身，拄着拐杖慢慢地下车，她从天津回来了。一个人德高望重的气场，在她这里我才亲眼理解。她的两个儿子忙着从车里取东西，看见我便对母亲喊："老太太，小张和你打招呼呢。"她的这两个儿子虽出生在老汉口，却是浓浓的东北口音。老奶奶微微侧过脸庞，对我笑笑。

大狸猫啊小黄啊，其实都是院子里的流浪猫，老奶奶每天给它们送饭，别的居民很不愿意。但面对一个有德有善有怀的老人，他们是不好意思表示出那恶的一面的。老奶奶不在的时候我去院子角落里放猫豆，一个消瘦中年女人白我一眼说，那老太太嘛，是老人嘛，我们没法说什么。反正，不要喂流浪猫的，它们在这院子里多么讨厌啊。

梧桐大院，我以为的善良和平静，原来只是善恶的力量面对面、在维持着一个没有声响的局面。

我渐渐不那么天真了。但是德高望重……谁不愿意在晚年做八十九岁老奶奶这样走到哪里连坏人都要噤声的老人呢？所以我必须重新快乐和相信爱的力量。我每个夜里趴在花墙那里，和猫儿们一样热爱被风吹，它们柔软坚定的身影，忽而在我的手边，忽而在我的脚下，我若如此清淡下去，渐渐淡成一只小小的鸟儿，睡如猫，忽闻海上有仙山。

大橘温柔

为什么人人爱大橘？

它，长得这样，猫君画的——

也就是说，大橘既不状若宝石熠熠闪光，也不正大仙容，更不娇气滴滴。它几乎就是一个混混，一个痞子，一个低调的浪子。

浪子其实是有环保心灵的，他们不扎堆名利场，不羡慕主流，不爱慕虚荣和金钱，不沉湎一天四顿酒局（据说有的男人真的是一天四顿的，加上消夜，美其名曰为了事业而奋斗）。浪子只要有自由的理想，一口饭，有一个遮住半个天空星星的小屋檐，有稍微温软的被褥，有一个乖巧的小女朋友，就很美满啦。

问题是，为什么大橘都长成这样了，我们人人还都甚爱它。

它的眼睛几乎二十个小时是闭着的，因为要睡觉。三个半小时懒洋洋到落拓懈怠的份儿上。大约只有半个小时突然来了精神，圆溜溜起来。比如罐头的发音从我口中发出，比如点点夜里突然推开门进来啦，比如它推开窗户回家啦，那一个瞬时里，它难得的虎气侧漏。

我每天进家来，把小朋友一个一个点数一下，若大橘在，那真是惊喜，因为它常常不在。尽量掩盖住激动，看着三宝和金宝的脸色，还是忍不住抱起了大橘。它的皮毛柔软，身体温柔，发出四声的猫儿的声音也轻柔，它虽然也不大喜欢人抱，但不会奋力挣扎，它就用呆萌的表情，诧异地看着你，那意思是：你什么意思呢？你这么抱着我准备抱到何时呢？

若是抱抱金宝，它就几乎抽搐，仿佛被宠溺到癫狂。若是抱抱三宝，它会四个爪爪一起推开你，厌弃啊厌弃，转身就溜开了。若是抱抱五宝，它那受过伤的小脊梁骨把紧张传达到四个爪子上，于是你的衣服就被钩丝了，甚至胳膊和脸上也划出血痕。

只有大橘哦，温柔甚至是怜悯地看着我们。它几乎就懂得我们多么不安全，多么孤单，多么冷漠，被世界的冷漠包围，自己的心里也去除不干净那冷漠；它几乎就知道我们多么奋力地想要相信爱，付出爱，而不是无休无止的猜疑和彷徨，虚度年华。

所以我说，大橘你来。它就来了，向着我，带着真理和爱，伏卧在我的枕头上，那就是在呵哄我受惊的小心脏。

我问点点，你为什么爱大橘呢？点点回答，它好温柔。我问点点妈妈，你为什么会爱大橘？点点妈妈说，它爱自由，勇敢，情感含蓄，特立独行但不失温存细腻。

天啊，原来要想得着别人的最爱，首要的质地，就是要温柔。这无异于一个不好的消息——我何尝温柔过呢？也就是说，我何尝会被一个人深深地爱着呢？

于是，特别羡慕大橘。却学不会它拥有的所有品质。

大橘，突然走了，满院子和满屋顶都不见它的身影，那么就是在院角小杂屋里和小黄睡午觉呢。大橘，突然回来了，我醒来，在黎明的淡蓝色光里看见床脚睡着一个舒展开长长身子的大黄猫。大橘，久久地蹲在猫抓板上看我，因为它在等罐头，吃了罐头它才会出去浪。

张国荣台词：别留恋岁月中我无意的柔情万种，别问我是否言不由衷。

若大橘把这句话扔给我们一干爱它的人，那真是令人心碎。爱上浪子，终究是危险的。危险中才有的美丽。

我们六个

新猫小橘

花墙上的三宝和大橘，这百年梧桐大院，某一幢旧旧的三层的楼、门前的那一堵花墙，石灰剥落，红砖裸露，一日不扫便积来落叶，我的三宝和大橘拖着长长的尾巴，悠然伏躺在上面。我在清晨六点半打开门，它们如贵胄，淡然侧身抬脸，用星星般明亮的眼睛，看我。

那么，麻麻，我们回来多时了。于是它们轻盈跳下花墙，归家，脱下羊皮并发出狼的吼叫，麻麻，快快交出罐头，我们回来就是因为该到吃罐头的点啦！它们每夜每夜地在梧桐大院，甚至是隔壁名叫四合院的浓荫大院里，探访，邂逅，嬉闹，安静，假寐，捉鸟，是这样的吗？当然是。有一天点点寻找正午依然没有归家的三宝，便去了两座大院中间的栅栏墙，那里有一排垃圾桶，有堆着的闲置青砖。点点喊三宝的名字，三宝倏地从四合院那边飞奔而来，挤过栅栏，飞跃上青砖，踩着小步点儿，跟着点点回家啦。

到了夜里我清点个数。金宝依然在院子里朝天怒吼，大橘傍晚就走了，三宝刚刚款步离开。我问小橘，你难道不想去院子里玩儿？它也就顺着长长的水泥走廊，走啦。我和五宝在顿时安静的屋子里长长舒一口气，一脸窃喜，偷得一刻闲的欢愉。

小橘后来表示了抗议，它说，麻麻，我哪里也不想去了，就想在家里吹空调的凉风以及在地板上打滚。小橘何许猫也？是2018年小暑过后一周蓦然冒出来的小幼猫儿。那夜我从火车站回家，仆仆风尘两个月，在遥远的良渚和重庆，想起梧桐大院和一干猫狗十年日月，几乎以为是一个梦境。还有从前那个悲欣交集，也是一个梦境，恍然想去捉住，又仿佛已然永逝，如猫君诗句：那可爱的真切忽然去远。

就在我提着旅行包，马上迈步进梧桐大院，要与我那从前的过惯了的美好生活拥抱的时候，小橘，一只陌生的猫儿，追上我，到我的脚踝边就地躺下，让我抚摸它。我蹲下身，翻找出指甲刀，将它颈上一个破旧的绳子剪去。它继续尾随我，进了梧桐大院。可是，我家里有三猫一狗，如何收留你？你便在大院里待着，明早我给你放猫豆和水如何？

明早！是的，到了明早我在垃圾桶旁的青砖上找到了小橘，为它摆开豆碗和水碗。它吃好喝好，便信步来到我们一干人马所在的这敝旧的楼下，仰头看花墙边给三宝梳毛的我。我问它，你上来吗？然后它的小身影就出现在了水泥走廊上。一步两步三步五十步，小橘走进家，并很坚定地告诉我它最喜欢做一只宅猫啦。从此，我是拥有四个猫和一个狗的，勤劳而快乐的女子啦！

动作快点哦，麻麻，罐头罐头罐头！小橘也混在猫仰狗蹿中，期待人间至美凌空而降。我每打开一次罐头，就认真警告自己一下：要好好地活着哦，要有能力一年三百六十五天都买得起罐头哦！

小橘脑袋

作为整个儿童时代都围绕着垃圾桶做流浪猫的小橘，它更钟意人烹制的大鱼大肉。而三宝它们都是眼睛将将睁开之后就告别了动荡的命运，来到家里的猫，它们更习惯吃豆和罐头。我带回家的吃剩的肉块鱼骨，从前只有金宝挑挑剔剔地吃，小橘来之后，金宝就感到了竞争力。半碗红烧肉块，小橘和金宝的脑袋同时扎进去，金宝发出尖厉的怪叫，那意思是小橘同学你的脑袋再不出去我就要咬你的脑袋了哦。

小橘虽然被很恐怖的声音完全笼罩，但是小橘的脑袋一动不动摁在肉碗里。它的意思是，我暂时不张开嘴巴吃肉，但是我的脑袋并不舍得离开哦。

在我的调度下，金宝和小橘各得肉块，瓷碗很快雪白锃亮。

若说我们家里人员庞杂，是否会产生各种不和谐，那么，我只能如实回答，绝对没有任何歪斜眉眼产生。若说有那么稍微一点儿的冲突，也只在小橘的脑袋扎在肉碗里，于是金宝发出尖厉的怪叫，这一个画面里。

小橘最要好的伙伴正是金宝，它们每天每天日常的游戏就是滚在地板上你咬我我挠你。小橘小小的脑袋被金宝轻轻地啃的时候，我和三宝五宝大橘在一场又一场宁静的梦里——梧桐大院的风和树叶——才是大暑，梧桐叶开始一片又一片地飘落下来，就像秋天已经来到窗前。

猫君曾说，谁会爱一个养了五只猫狗的女人呢。猫君又说，而我竟然是爱的。

盆满钵满

美学课

若会朝云当时意，
西湖风景是猫狸

狸猫斗螳螂

梦乡

如果猫很想念远行的主人，它们便不大愿意打理自己的皮毛了。当我终于回到家里，和它们迎面拥住的时候，发现三宝和五宝的鼻子上各有一个黑圈，如同污水退潮留下的痕迹。大橘没有这个黑圈，大橘自小就混不吝，一个一直邋遢的家伙不会有鲜亮和不鲜亮一说。我重点锁定三宝和五宝，举着湿湿的小毛巾摁住它们，擦鼻尖和小脸庞。竟然擦不掉那黑迹子。它们仰着脸，大叫，抗议我令它们喘不过气。三宝轻快地逃走了，五宝的臂力尤其大，把我赶走。于是到了静夜深深的时候，来到我枕边躺下的两个宝宝，各自没有粉色干净的鼻子对着我，黑黑的圈，简直是毛笔画上去的。五宝说，麻麻，既然你回来了，我突然有心情洗脸了。五宝用小手臂擦脸脸，擦耳朵，擦鼻尖。三宝说，麻麻，我要靠近你睡，至于洗脸的事明天再说吧。哪个坏人在说：猫儿和主人分开七天就不再认识主人了？

五宝先打起了小鼾声，脸庞渐渐贴着了床单。三宝睡觉总是静静的，面容有笑意。它们占据了我全部的枕头，绝不换地方，只为了离我更近。我蜷缩到它们的腹旁进入梦乡。大橘又出门夜游，金宝睡在我脚旁。岁月这艘巨大轮船，不离不弃便是乘风破浪。

我们六个

我出门几天回来，屋里没有小橘。第二天白天也没见它的身影，问点点妈妈，说小橘那几天常在家的，遂放心。傍晚下暴雨，夜幕里进院子，蓦地看见一头猫对着地上积的雨水下嘴喝，弯腰抱住它，把它的小脸脸转到我眼前，拥有一张花脏脸的咪，正是小橘啊。

它在我怀里呆一呆，遂感觉出眼神哈气体温话语是熟人嘿，雨水也不要了，跟我回家去，仿佛我不遇见它抱它回家，它就不知家门在哪里，而只能雨水充饥了。总之一脸呆萌和混生活的无所谓样儿。

三宝渐渐学会在院子里混白天时光。我夜色里回来，走到单元门口，它从汽车底下滚出来，快走几步，滚到我脚边，仰着大圆脸，龇出虎牙，那叫声急急的，意思是它等我等了很久很久很久啊。

我们拾级而上，三宝在我怀里，软软的，其实它是男孩子哦。我们进屋，三宝奔向罐头堆，它圆溜溜的眼睛说，我今天白天可是在院子什么也没吃哦！！！

于是开罐头，换清水。掐着点的，大橘回来了。它在院子里看见家里灯亮了，我说话的声音飘出去，尤其是罐头的发音，它就迈着虎步悠然回来了。

那么，五个小背影吃罐头的样子真是专心啊。我去铲屎，扫地，擦地，去楼道用湿湿的拖把拖地，努力地让五个小朋友不要被邻居控诉。生之不易也。气短也。屋檐下也。

有几次金宝白天在院子里和别家的狗玩，我傍晚回家，金宝在家门口的花墙下卧着，听见我脚步声，立刻起身望我，我在水泥楼道的那一头，它在水泥楼道的这一头……我的心里生出决心，到哪里都得在一起，它们每天傍晚都是要等我一起回家的。

五宝从来不出门。它喜欢去窗台外沿静静蹲

着，眯着眼睛吹梧桐大风听鸟儿叫。

我们六个夜里睡下，梧桐叶子突然被大风吹，一地窸窸窣窣声，真是人间小隅，愿万事千人不来扰我们。

那青萍之末扶摇而来，又一年就这么被我们无为地度过去了——

五宝负责吹梧桐风，感受侥幸挽回的生命被永恒光照的美好。

金宝负责冲到梧桐大院绕院飞跑并大叫，于是惹众怒，我每每忧愁抱它回来，屋门紧关，但愿众人怒气早消。我夜里认真拖洗水泥走廊，不让猫们的毛和狗的异味惹众怒。

这个弯腰弓背微小的我，负责不要让遇见的人类生气，而我仿佛总是一个令人生气的人，认清了这一点，心里真是悲伤啊。

大橘负责顺着百年梧桐树上到三楼楼顶，在绿绿的树荫包围下睡一天，夜来的时候大叫，请求我抱它回家。我搬梯子，越天窗，它并不急急赶到天窗来与我接头，却悠然在屋顶的野草里打滚，调皮看我，那意思是，你每次爬木梯上来，我就知道你是爱我的，而我确知你是爱我的，这一点是多么重要啊。

小橘负责和金宝打架，像骑上一匹飞快的战马，小橘一翻身就去了金宝的脊背上，再一翻身就滚到了地上，从容被如战马的金宝铁蹄踩踏。每次打斗在一个小时以上。我在躺椅上看书，顺便观战。奇怪的是，其他的猫儿们对它俩的战斗丝毫没有兴趣，各自沉思。

三宝深陷对罐头的沉思，负责每天喊我开两次罐头。如果我不开，它就去舔大米袋子，不知道这是啥意思，舔得嘶嘶啦啦响，这个威胁的办法很管用。所以三宝要罐头，下联，肯定马上有。既然三宝这么神武，其他宝从来不认为要罐头是一件什么重要事情——反正有三宝呢！三宝威望因为要罐头每每成功的业绩而久已形成。

其他宝只管吹风，飞跑，爬树，打斗。罐头嘛，顺乎自然，云淡风轻，反正有三宝这吃货负责，有罐头降落就飞跑去猛吃几口，没有罐头就耐心吃豆。其他宝真的从未问我要过罐头，三宝把大馋猫三个字生生揽到了自己身上，颇伟大。

那一天我出远门回来，照例认真做清洁到深夜，该睡的时候发现，五个宝齐齐地在等我睡觉，我就在它们如羔羊的温暖和柔情的包围里，缩手缩脚躺下。三宝在我怀里，这是它幼年时候的习惯，只要我出门再回来，就要在我怀里睡一觉。五宝在我右侧枕边。大橘在我枕头的正上方。小橘和金宝在脚边。然而，第二天，它们的迎接仪式就不再有了。我夜里睡下，只有永远的五宝在我枕边发出很大的呼呼鼾声，哪里像个小姑娘呢。三宝和大橘小橘三个小闲汉去夜游了，金宝在客厅躺椅上悄悄睡着。我们的生活每日重复，却从不厌烦，更没有愁苦，只有些许时候对挑剔的人类感到从心底生出的惧怕。于是我们就关紧门。

2018年初秋，梧桐大院最靠近大街的那栋楼作为危房已经拆除得干干净净。金宝最近常常到那平展展的遗址上飞跑如电，回眸如战马，鬃发飘飘。

那块空荡荡的地，不出几年就会有摩天大楼耸然挺立。梧桐大院里其他的旧房大约很快也要被拆除了吧。这几十棵百年梧桐的命运会怎样呢？大橘每日顺着梧桐树去屋顶上假寐和酣睡的猫生，终会戛然而止，它会想念并怅惘吧。我问猫君，这五个宝宝你选谁和你过？他想了想，说要五宝和小橘。那么金宝三宝和大橘就归我了。可是金宝每天都要和小橘打斗，而五宝每天都要在我枕边才能打着呼噜入梦，所以似乎一个也不能少啊。

像大橘一样活着——去到人迹罕至的楼顶，被绿色包围，阳光也是橘色的，安然穿过我们苍白弱小甚至孱弱的身体；像大橘一样活着——其实它很会款步从大树上下来，但是我常常就听见它又在屋顶唤我，请我用爬木梯越天窗的举动证明我是多么爱它。

洞悉

叫小黄的小猫儿，我很久没有看见它了。而从前，它总是在屋角的小杂屋里等老奶奶给它送鱼肉煮的粥饭，还有清水。大橘那时候也不像今天这么身躯庞大。大橘和后来到来的小橘，突然就长成了七彩流光肥硕大老虎，它们双双缓缓在我眼前走过去时，我就以为自己是石油大亨，家中地毯上躺着虎豹、狮子。

之前的大橘，每天深夜一定出门，去小黄的小杂屋里睡觉，天亮时打着大大的哈欠，伸着高高的懒腰，回家找饭吃。到了下午，我又常常见到大橘和小黄在院角无人处玩儿，或是并排蹲着，或是一起追一个纸片。看见我，小黄定要躲回小杂屋，大橘来到我手边，请我给它抓一抓腮。下午的清凉风真好啊，大院安宁，无人真好啊，我们静静蹲着，小时候才有的时光味道。

小黄的妈妈，那个霸气的大狸猫，在春天的时候又生了一窝小猫儿。老奶奶接小猫儿和大狸猫在家里住。然而，到了夏天，我出门两个月回来，总也没有看见大狸猫。那一窝小猫儿也没有见到。

梧桐大院里的猫儿们蓦然全部看不见。一只脖子上戴着防跳蚤圈的黄白猫儿闲闲散步，有时在自家二楼的窗台上瞭望众生。别的猫儿呢？大狸猫，小黄，小豹猫，怎么会一个都不见了呢？

小黄的脸圆圆的，眼神充满对不安全的恐惧和焦灼。但是小黄曾经是大橘的女朋友啊，小黄在大橘身边爱恋依依，我给它送去好吃的，它便躲在大橘身边小心地吃起来。

大橘突然对爱情这个事情毫无兴趣，它已然得了失忆症，就像小黄从来不曾出现在它生命中。大橘半夜再不出门，甚至白天也可以在家里睡一整天，如果去到院子里吹风，我一喊，它保准就从某个汽车底下，或某个红砖墙角钻出来，乖乖跟我回家去。

难道你不去找小黄吗？我吃惊问它。大橘温柔的脾气，日渐沉重的肚腹，把自己放在椅子上，像一个老人，很快就万事坦然地睡着了。

我去院角的垃圾桶倒垃圾，那里有一堵红砖墙，连着自行车棚，我就在这里遇见了小黄和小豹猫。它们从车棚顶走到红砖墙，在交接处眈眈注视我。小黄的脸真脏啊，它已与大橘失散了吗。小黄突然的另一种生活，令我深信，小黄和大橘就这么失散了，虽然它们同在梧桐大院里存在着。盛夏到初秋，我每天晚饭后天黑时去垃圾桶的院角那里，给小黄和小豹猫放猫豆或鱼骨碎肉。我踮起脚把吃的放到红砖墙头上，我一出现，小黄和小豹猫就从车棚顶缓步而来了，它们静静等待我转身离开，我要离开七八米，它们才肯靠近食物慢慢吃起来。

小黄和小豹，终于成为彻底的流浪猫。如果大院拆除，片甲不留，成为巨大的工地，它们得另外寻找活路。

那么大狸猫呢？我真不愿意说出大狸猫的结局。但是大狸猫，它果真消失了，永不再来了。这一天我在院子里遇见老奶奶。我还未张口问她大狸猫的下落，她却主动说了出来。她说，大狸猫和它的一窝小猫全部卖了。

全部卖了。她笑呵呵，几乎仰天大笑。天山童姥的派头。我吃惊在原地，整个城市旋转起来，仿佛魔窟。一窝一窝地生，卖了干净。她对我说的最后一句话。或者说，我和她最后的一次对话。

我心里暗暗大惊，愤怒吗？似乎也不。原来人性真的可以复杂到在一开始完全辨识不清楚：一个人到底想要干什么。虽然老奶奶照顾大狸猫小黄的初衷一定不是非要卖了它们，赚取那细微的五十块钱。但是大狸猫和它的孩子们果真被卖了。被卖了的结局——大狸猫这样的老猫，会被充当兔肉进入餐馆。

我不能指责他者。我不能无限地陷入对大狸猫的同情。我在夜里白炽灯的小屋里，看团在我身边的它们，只愿我们心安，命运安好，窗外的风，是友善的。

原来猫们能够洞悉一切。所以小黄再也不愿回到小杂屋，而宁愿终日在垃圾桶旁的红砖墙上躲藏着。幸而有我，我每天给它们送去食物和清水，在夜色里远远注视它们一会儿，便是人间能够给它们的温暖了。

原来猫儿们什么都知道。当人心坏了的时候，它们就逃得远远的；当那人心，温软，它们哪里也不去，我们永远在一起。

队伍

傍晚我回来，走进梧桐大院，太阳从我正对着的西面照进院子，满院浓艳金光，青绿的落叶，焦黄的落叶，满地落叶啊，和红砖的老墙真配。

……世间的美好终会披着静好的外衣，莫名失踪。

我走了二十步，从花坛里钻出来了我的大橘，它紧走几步，到我前面就地一滚，一定要我去摸摸它的脑袋。我再走十步，钻出来我的三宝，好硕大一只黑白猫。又走了十步，钻出来我的小橘，定睛看我。我再走，它们跟在我身后，纷纷的队伍啊，上楼梯，进长长的水泥过道，我的金宝正卧在家门前等我回来，望见是我，欢快飞跑来，于是我们多少个呢？五个，打开门，回家啦！

家里幼时受过伤的五宝，四爪捉地，静静站在屋子中央，看我们涌进来。屋子拉着窗帘，白蚊帐悄静静，地板洁净明亮，我们是世间那个常常要喘息一下、庆幸着自己还安全安心的生灵。

它们小心翼翼保护自己，却也勇敢地投身广大的自由，与风、树、蓝天、光、青草，其他的小生灵，融合。如此，生命才是完整而愉悦的。

窗外蝉鸣如湍急溪水，一层层漫上来，流走，漫上来……几乎令我怀疑只有不美好是真实的，而美好如斯的，我站定着看、听的这真实的存在，却是极不真实的。

约定

我去院角送豆，小豹小黄守着约定在那里，固定的红砖墙头，我手中的豆刷地倒入墙头上它们的碗。君子一诺必守。我在，它们也在，地球日日翻滚，月亮夜夜升腾，太阳划着大圈子包裹住我们全体，我们立在船头，偶有惊涛骇浪风雨扑面，我们就这么彼此看见，不失散。相对于语言，我更相信沉思。相对于笑脸，我更相信注视。在甘南州，车进入城北，看见夕阳光照里的安多黑措寺。橘红，大红，远山，金色的阁顶。车继续悠悠荡荡走，黄昏了的大街上一只气定神闲的灰白色狗儿快步行走着。它有去向，有主意，没有惊恐和无依，是城里的一员。在拉卜楞寺，大门口，寺院内，墙下，转经道，如果一只狗儿正在酣睡或者半侧着身子悠然看你一眼，那正是最日常的存在。没有人用坚硬的膝盖和大脚踢它们。没有人的目光如毒箭。

约定。我们绝不以口腹之欲为生命的核心。食素。我遇见过一个两个三个好女子。她们肤色洁净，身轻神淡，说话款款的，用智慧的光交流，而不是都市里如废气的喧嚣心灵和语言，那种铺天盖地。我对于大自然里的众生灵有多喜爱，就有多厌弃人类和生而为人的自己——那贪婪编织的烦恼的棕绳，束缚住我们，令我们胸闷气短，而我们还在一圈一圈，用欲望编织的绳子，绕紧自己。

唯有我回到它们这里来，铺开草席在旧旧的地板上，它们便一个一个围拢过来了，就好像正在看书的我是一个值得信赖、多么可爱的天使。这草席就是乘风破浪的小船。一本书，一杯茶，这一日我读的书是张存学先生的《白色庄窠》，讲的是一个拒绝喧嚣、崇尚圣洁的家多年来的变故。

地球这个大家园也在变故，直至全部喧嚣发出最后一声不好听的终止音。

小橘捶门

我们在清晨打开门，没有第一滴露水，没有一场丝丝的小雨，那雨，海子说是一生过错。

我们在清晨打开门，对面小披厦的屋顶，梧桐叶覆满，野草到了九月末依然疯狂地长，我们的小橘正在上面蜷成团睡觉。

小橘回来。我手撑着花墙对它喊。它大约半睁开眼睛看我一眼，继续睡，继续抱成一个团。我喊它十声："小橘你回来。"它岿然不动。它们猫儿就是这样，当你放弃喊它，突然它就朝你走来。而你以为可以抱住它的时候，它突然停下脚步，假装走神，转身走掉，或者去了左边，或者去了右边。当你觉得怀抱空空，也要转身就走的时候，那家伙铁一样的脑袋突然就抵进了你的怀，或者撞着了你的脚踝。我去披厦旁的楼梯接住屋顶款步走下来的小橘，它黑黑的眼睛，尖尖的下巴，而大橘是琥珀黄的眼睛，圆圆的大脸。

我们的小橘什么都吃。金宝正在吃的我打包回来清水洗净的肉丝、金宝正在喝的酸奶或者牛奶、金宝碗里的几个肉圆。小橘觉得肉圆简直就是皮球，它稍微滚了一会儿它们，就坚定地一口咬了下去。而其他的猫儿只吃豆和罐头。小橘吃得白肚腹胖大，仰面朝天，脚丫抵着墙，假寐。金宝过来啃它的脑袋，像是啃一只核桃，半怨半恨，竟然来了一个抢肉吃的。小橘一口咬住金宝的脖颈，依然微闭着眼睛保持假寐状，白肚腹朝天，脚丫抵着墙，这样子真……真好啊……雨是一生过错……我喜欢这句话……如果我不爱它们，我不知道我的爱能够结实地给到谁。

有一天深夜，大雨，小橘捶门进来。它舔着雨水濡湿的皮毛，坐在藤椅上，屋顶像穹顶，笼罩我们，我们在金色的灯和厚重的窗帘里，安然。我突然知道，小橘将永远在我的生活里，因为我不能突然就不给它——深夜回来的小路，小路尽头的门，有个人为它打开。

月野

金宝和小橘的打闹真是好看，一会儿像是猎犬叼住了野兔，一会儿像是哥萨克驰骋在战马上。我开门出去，它们俩翻滚着就一起去到了水泥走道上，并双双奔跑下楼。

我觉得今夜秋风实在飒爽得到位，就也下楼去。黑魆魆的院子，它们在哪里呢？也没有金宝常有的仰天大叫。我约莫着往那片拆去危房化为平地的街边走，就远远看见小橘的身影在空旷中飞跑，金宝的身影也在飞奔。

它们结伴，并没有分开。如果今夜是大月亮，会有多好看呢。一只狗和一只猫在无边的自由里的快乐。

我怀里抱着方才下楼遇见的三宝，对着那两个橘色的家伙喊它们的名字。

院门口纳凉的人乐了，嘿，又养猫又养狗。

它们两个很是听话，跟我回来，奔跑过院子的花坛，绕过好几棵大树，上楼梯，走长长的水泥楼道，进家啦！

三宝立刻便便，金宝喝水，小橘趴在地板上喘气。大橘傍晚从楼顶下来，已经昏睡多时了，仿佛在楼顶的睡觉不是睡觉，是一场玩耍。五宝从里屋溜达过来，好奇地看三个风一样的疯子，带着夜的气息。五宝感到很满意，这就是它理想的家的样子。

为什么在外面不便便？

三宝懒得回答我，专心蹲在猫砂上。答案就是外面没有猫砂哦。

楼顶野花

三宝午后下楼，进到汽车底，伏地酣睡。我傍晚去唤它，总要喊五六遍它的名字，一个圆脑袋才从汽车底冒出来，一脸懵然，又神色惊喜。伏地睡觉如此沉酣，地气令它舒畅。

我抱着晒透了的被褥，与它一起上楼。它猫腰前进，带路，还不放心地仰头看看我，等等我。

回到家，发现它的尾巴上有白色条状虫子，这是猫狗常有的体内寄生虫。把药片捏成粉末，冲水，掰开三宝的嘴，灌进去。这样的事做十年，就比兽医都灵活稳妥。又冲了些药末，灌入小橘和金宝的嘴里。小朋友的脾气都极好，虽不喜欢，但既不反抗，也不生气大叫，更不会抓我咬我。它们喝了药就去了床底，表示想静一静。

大橘一整天没有回家，一定是去了楼顶，呼呼大睡。

那里的阳光直铺下来，四面全是梧桐巨大的枝叶，野草如林在楼顶蓬勃生长，直至十一月都会这样热烈而清新。

我在某个秋日的黄昏攀上木梯，穿过天窗，来到楼顶，大橘不在，我要自个儿感受一下梧桐大院楼顶的美妙。

在地上你不会感觉到二十几棵百年梧桐树交织合拢构成的整体气势。而在三楼顶，当我钻出天窗，站立在小腿那么高开紫花的野草丛中，瞬间就被鸟巢般围拢我的树梢和树梢的牵手，这阵容所撼然。

更高的蓝天，金色橘红的太阳，绿色的大的叶片，粗壮的枝干，叶子在精干的来风中簌簌闪亮，老楼在浓荫的遮蔽中，露出黑檐顶和红砖墙身。全然的安宁。所有的喧嚣浮华荒诞，梧桐枝叶是铜墙铁壁，我不由得坐下来，我终究是回转身了。

如果我没有和大橘偶然相遇，如果大橘没有随我入住梧桐大院，如果大橘没有以攀爬梧桐树去楼顶玩为猫生乐事，如果我不曾开动脑筋从天窗那里去接不敢下楼的大橘，我不会在这一天，在梧桐四合、野花丛生的楼顶坐下来，静静地感觉大橘每个白天的陶然，它与阳光和绿色的全然融合。如同三宝，每个白日伏地而睡，与大地细腻的缱绻。

梧桐人间

楼下气哼哼模样的小白狗，在2018年1月我们刚刚搬进梧桐大院不久生下一窝小孩子。留下两只纯黑的。其中一只长到两个月时候去到大院门口，被汽车夺去小生命。另一个呢，就是今天的庞然大黑狗，名字叫皮皮。它被同一个院子里的另一户人家收养了。

也就是说，我家楼下的小白狗虽然经历了一场盛大的生育，末了家里依然只有一个小白狗，每天在院子里巡逻，摇摆着身子，斗牛犬的样子，很小的个头。但是它的孩子皮皮，小时候还是玲珑小可爱，长大了却是一只极其正宗的巨大土狗，脸颊瘦长，四肢瘦长。

那么，小白狗就会糊涂地不知道皮皮是它的孩子吗？错。金宝和皮皮是一对坚定的好朋友，它们俩在院子里追打的时候，小白狗总要横在皮皮前面，呵斥金宝的靠近，护住皮皮。这是一个悍然的母亲形象呢。

皮皮在一个月大的时候，圆圆滚滚如一只大猫，上二楼，来我家要吃的。分给它半碗牛奶，半碗西红柿鸡蛋面。等我出门两个月，在夏天回来，点点妈妈告诉我，皮皮和金宝是一对好朋友了。而眼前的皮皮，赫然不是小小圆圆的可爱，而是俗之又俗的大黑土狗了，极其精干，一个大木柴，与丝毫的可爱都不会沾边。

我每天中午和傍晚回家，进到院子就能看见皮皮，一脸微笑，恭敬有礼，随我上二楼，过长长的水泥走道，打开门，金宝跑出来，皮皮挤进家门，逡巡一下猫猫碗里有什么可以吃两口，常常不得已吃几口猫豆。皮皮的个子大，胃口深，舌头舔舐能力是秒秒钟精光。所以我常常不敢交出手中的肉丝或者肉骨。这些好吃的我家金宝和小橘会蹲在地上细嚼慢咽十分钟啊。

皮皮和金宝在梧桐大院追打。三宝大橘小橘去花墙上吹风。我和五宝把门关上，得享难得的清静。

皮皮的主人爱皮皮吗？当然爱。她的喉咙真粗，声音又大，那就是一个闷雷了。她常常拿起晒衣杆就去追皮皮，把它从大街上追回来，从我家楼下追回来，从花坛追回来，从垃圾桶角落追回来，而竹竿并不会落在皮皮身上。皮皮被关回那扇绿色纱窗的门里。

没有皮皮厮混的金宝，略显寂寞，我从花墙上往院子里看，看见金宝小小的身子在花坛边发了一会儿呆，就去了对面人家的楼，一直上到三楼，然后下来。我喊它的名字。它显出激动，撒开脚丫摇晃尾巴，闪电一样就回来了。

梧桐院子是金宝和皮皮的。人不过是匆忙走来走去，猫儿们不敢大鸣大放，常躲在墙角。扫院子的工人每天半夜四点扫院子，那仿佛是为金宝和皮皮在扫。因为天一亮，它们俩就昂昂然去到清洁整齐的大院子玩，而且对天大叫，更显得院子一定是它们的。

猫君问我，大院里的人都是做什么的？

我就仔细回想，皮皮的主人是做什么的呢？她五十到六十之间，黄黄的脸，皱皱的眉头，每天举着晾衣竿晒床单，晒枕头，晒鞋子，晒人间一切可晒之物。然后我又想小白狗的主人是做什么的呢？竟然记忆里也是脸黄黄的，眉头皱皱的，我在二楼常常听见她在一楼扫院子，哗啦哗啦哗啦，十分利索，但是我探头下去，小白狗家的院子里杂物怎么那么多呢，每一样都盖在一个灰色的塑料布下，仿佛一定是有用的，其实五六年七八年就没有再用过。我再仔细想，我隔壁的女人是做什么的呢？她三十岁多些，每天开着抽油烟机炒菜，早上也炒，那么她给我的印象就永远在油烟里熏脸熏全身。她的样子竟然也是黄黄的脸，皱皱的眉。我大吃一惊，难道我的眼里心里就只有猫儿狗儿，我所能够想起来的梧桐大院里的女子，全都是一个样子，而且她们皆不开心，甚至是每天窝着闷气的，我必得小心地从她们身边走过。那么我的另一个隔壁的女子是什么样子呢？竟然也是黄黄的脸儿，皱皱的眉。她穿着高跟鞋朗朗当当地走过我家门前的时候，猫儿狗儿皆奔逃，也就是说，它们彼此不喜欢。

不行，我总要在记忆里搜索出一个可爱的女人来，否则就是我心底里有偏颇在作祟。后窗对着的人家，门前洒扫得真干净，这家的女人六十岁到七十岁了吧，每天在家门前收拾青菜。我连着三次听见有人和她打招呼，问她今天做什么吃。她说，牛蛙。

牛蛙在我们北方人的心里，和青蛙等同。如果一个人吃牛蛙，我们认为那就是在吃青蛙，那一定是坏人。所以我一听见她洋洋洒洒地说出牛蛙两个字，我就捂住耳朵，关上窗户。

有人一定认为我太不热爱人类，这哪里是一个写作者应该持有的心灵呢？那么，梧桐大院，我如此眷念你感激你，而院子内里横生的与美作对的荒诞，我该如何全然地去接受，去理解？

斗牛犬模样的小白狗，留给我温柔的画面，是它常常陪着一个八十岁到九十岁的老人往大街上走。老人拄双拐，十秒钟挪动一小步，但是他每天要从梧桐大院往惠济路口走一趟。仿佛不走这一趟就是对生活的放弃。小白狗慢慢地跟在他脚边，慢慢地走，停下来，再走几步。老人和狗，黄昏里的夕阳，晚情。

红楼梦里说女人活着活着就从珍珠变成了鱼眼珠。不许我从天窗那里拯救大橘的女人，五十岁到六十岁，竟然也是脸儿黄黄的，眉头皱皱的，坐在轮椅里，像历史里的一个坏皇后。

猫君不甘心，问我，难道她们都不做事？

猫君说的事是指的事业吧。

事情也是要做的。后窗对着的另一个人家里的一个女人，最近常常推着一个木头架子车出门去，车上是满满的莲蓬。他们一家是做很小很小的买卖的人——住进了梧桐大院，房子旧所以房租便宜。他们在门前檐下安了一盏灯，夜里他们夫妻两个在灯下摆一张小桌子吃饭，再夜深一些，他们洗衣服，洗澡，进进出出。这是一对不爱说话的夫妻，他们把租住的房子和门前的空地洒扫得很干净，到了清晨就推着架子车出门谋生去了。

那么换位思索，她们瞥见我，观察我，评价我——这是一个多么无聊的女子啊！猫狗成群；这是一个多么没有公德心的女子啊，猫毛飘飞，犬吠冲天，这真是两件不能容忍的事情。

梧桐大院，金色的光，光里堪忍的人间事。这大院给过我的金宝三宝大橘小橘五宝无限自由的空气，那梧桐翻飞……

梧桐根

麻麻，我们很希望你也一起下楼，去院子里玩儿。

小橘和金宝在家门口仰头看我，眼睛里有请求。我继续清洁屋子，回头看见它们还在门口流连，不往楼下去，显然是在等我。

我放下抹布，说：“好吧。”

三宝也加入进来，我们四个，过长长的水泥走道，下老旧的楼梯，去到梧桐大院。秋风高，月儿半个黄，梧桐树叶荡漾沉厚的香味，这是叶子成熟了才有的味道，这是树木成林才有的味道。

白云如絮，月儿半个金黄，八月十五就要到了。我们的家，是在一个山城里。上一次我回去，猫君在街边石阶坐着等我。他看见我走近，对我说，今晚的月亮真圆。他的样子清瘦许多，仿佛我们曾在梦里见过，现在依然在梦里。

我往鹅岭的浮图关望去，满山沉绿，安静的波涛，月儿娴静。我的身边，猫君在月下等我多时。未来命运的一种定然——我和五个宝宝自汉口溯流而上。

今夜，小橘金宝和三宝在高高的半个月亮朗照下，知道我是陪伴在它们身边的，于是安心地玩。小橘去了花坛，蹲坐如旧花盆，是安全的。金宝去院子后边找皮皮玩去了。我和三宝往大院前边靠街的院墙走，那里人迹罕至。三宝渐渐小跑起来，像一匹欢乐的小马驹，它的圆圆的脑袋是永恒的指向——生命的正确。

天下有叫异乡的地方吗？或者说天下有叫家乡的地方吗？我兀自微笑。我是一个很好很好的人。我是一个看清世事心很硬很硬的人。

三宝，世界在你的眼中是怎样的一个庞然怪物？不多的这些个大梧桐树，和它们拢住的这方院子，你试探性地大胆迈出脚步，期望会遇见惊讶的喜欢，友善的对待，三宝，我当然是懂你的。

麻麻。三宝每一次甩过圆圆的脑袋找我，我就能听见它心里对我的呼唤。

猫君引导我：“梧桐大院里究竟保留住了和别处不同的什么？”

我今夜随着几个宝宝在院子里慢慢走，仔细想，回答他：“梧桐大院里，只有梧桐根连根手牵手，保留住一个梦，这个梦和自由的空气，安全的善意，原始的天然，息息相关。”

不想见人

奶猫出警

左拥右抱，神仙日子

与花相伴梦也香

青年旅社

三宝夜里渐渐一定要出门去，且夜不归宿。我在清晨站在花墙那里梳头，它听见家里的门响，便在水泥走道那里出现了，慢慢地走路，大脑袋轻轻随着步点儿晃，还没有彻底醒来。

那么你昨夜是在哪里睡的？我问它。

它虽然不回答，我也猜得出，它很久以来把小黄曾经容身的院角小杂屋当成自己的青年旅社了。小杂屋的房顶只是几根粗粗的木梁和一些细细的木头长条搭成，夜里格外好看，因为有幽蓝透进来，就在眼前，天空，三宝尝着了做一只威武的野猫的况味，落叶，长风，若深冬则有飞雪，落魄英雄之美。

但是，家总是要回的，比如罐头，比如软软的椅子，比如大橘小橘在眼前晃，比如我清洁毕屋子，点起香喝茶看书的样子，它都是喜爱至极的。

它从外面回来鼻子总是花的，四个腿腿和肚腹的白毛也变成灰黑色。但是它努力走得端庄，坐卧矜持。我梳头进来，它终于不耐烦起来，无声地用目光控制住我，命令我：交出罐头！！！

肚腹灰黑的三宝，本来是雪白大肥猫。院子里的人如果说到三宝必会说，哦，那个大猫子刚才在花坛这里呢。如果是大橘小橘，不会冠以大猫子三个字。好大，好白，好肥，好凶，好坏。这就是三宝的模样吧。三宝的另一面是好乖，每个傍晚看见我回家，总是满当当的信任和欢喜，嘴里一大串呼噜噜的喵声，脑袋蹭我的脚腕。我们在一起七年了——这个北京东四环十里堡的土著猫。

五宝是澳门路的土著猫。大橘是惠济路的土著猫。金宝是解放公园路的土著狗。小橘是四合院附近的土著猫。我把这一干有来历的小家伙按在木盆里洗澡。我给金宝也洗好了，而三宝就那么湿淋淋地、一动不动蹲在床下。它的心里话是：这么湿的毛，我干脆不舔了，再说每一次都是有轰轰响的吹风机的，我就等那个吧。

它被吹风机吹干，又被梳子梳理得整齐，就去花墙上吹风去了。

金宝也被吹风机吹干，也被梳子梳理得整齐，在干净的地板上，卧着一只干净的小黄狗。

大橘小橘也被吹风机吹干，也被梳子梳理得整齐，在干净的地板上，卧着两只干净的大黄猫。

我在家里走来走去，一直到夜里，这才沏茶看书，这时候三宝、大橘、小橘、金宝，它们全都下楼去了。它们干净体面地在人间。

洞穴

我在卧室的窗台下摞了四个整理箱，它们合拢在一起，方便几个猫跳上去，被南窗的阳光笼罩，睡觉，或者去窄窄的窗台吹梧桐风。

纱窗已经被三宝的爪子、五宝的脑袋，弄出一个柔软的洞，它们就从这里进进出出。五宝的白天几乎都在这块小地盘上度过。直到傍晚我推开门进来，它还保持着小脸庞对风吹的姿势，那表情惬意，几乎就是微笑。

啊，你回来了，那么如果开罐头的话我再下来。

可是你得到处走走。我劝它。

可是这里实在太舒服。它用岿然不动回答我。

我们从纱窗洞那里亲吻一下。

整理箱被窗帘罩住，窗帘和窗子形成笼罩四野的小空间。五宝喜欢这个热乎乎的洞穴。

小橘跳上整理箱，对五宝的小洞穴发生兴趣，它的四只爪爪已经完全来到五宝的眼前了，就差橘座的大屁股挤进来。那么，五宝对于自己珍爱的小洞穴，是决定捍卫的。五宝依然侧卧，但嘴里发出呜呜的大老虎的声音。小橘就保持雕像的不动，就那么不动着。五宝已经表达得很清楚：这是我发现的，我使用的，我拥有主权。

相比橘猫，奶牛猫的脾气显得暴躁。三宝一巴掌打过去，一口咬下去，是常态。五宝气呼呼一巴掌打过去，一扭身钻进了床底，也是常态。大橘永远温柔地转动眼眸看人说话，安静地睡在我的枕上，从来不招惹任何他者。小橘最多挣扎着圆滚滚的身子从人的怀里溜到地上去，金宝找它打架玩，它更多的是奋力挣脱，而不是攻击。

所以小橘雕塑了一会儿，就下到地板上躺着了，怀着思虑。它心里惦记小洞穴。睡了十分钟，发现五宝去窗台吹梧桐风，小橘一个翻身跳上整理箱，一头扎进小洞穴。啊，窗帘的布包围一圈，躺在这里真安逸。

五宝生气了吗？五宝驱逐小橘了吗？竟然没有。我靠近洞穴，看见小橘爷一样侧卧着，微眯着眼睛，正午太阳的金光，猫儿最喜欢的热辣辣，洞穴又那么安静安全，宝宝的小摇篮也不过如此。小橘很快就舒服到伸直了身子睡，它常常就把一只脚搭到墙上去，仰着有心形白毛的肚腹进入酣睡中。五宝的余光当然看见小橘大剌剌的样子，但是它突然就把方才捍卫主权的那一股热血丢到脑后去了。

它们猫的天真，自我，无私，干净透亮，豁然，独立，尊贵，我们人，实在不及。

红叶

我每天都要站立好一会儿的后窗——窗子和花墙一样，对着的也是一院子的梧桐大树——我一会儿在屋前，一会儿来到屋后，一会儿躺在屋子中央的躺椅上，眼睛看着窗外的绿树干，仿佛眼睛落在上面，叶片飘飘，便是人生本质的丰美。

我们六个的小家庭是最有序最干净最温情的。这样的道理有谁个能懂呢？但我们似乎也不要别人来懂。我们轻手轻脚做事，说话，假寐，等风来，听说猫君已经开始夜夜听巴山夜雨了，真是羡慕，我们也等雨来。

我今天在窗子那里站着，五宝和小橘也在那里，我们一面呼呼噜噜说心语，一面看对面的人家。这个人家的独自的年老女人，她每天哪里也不去，早上到晚上，除了睡觉，都在门前的空地上坐着。坐着一个小马扎，在一个木凳上放了个菜盆，择菜，还有一个木椅，上面也摆着一个盆。她在三把椅子的阵容里择菜，择菜，择菜，戴着老花镜，脸快要贴到菜或者米上了。

她始终是一个人、埋着头。她的五官长得什么样子？似乎中国的女人一老去，就五官糊涂一把贴在脸上，不用再细细分辨里面蕴含着什么美了。要美能当饭吃吗。她们一这么发言就气哼哼的。我如果此时把温情的目光投送给择菜的年老女人，她一定很警惕手中的物什，身背后深深的屋子里的几样宝物。她的左侧是一大抱纸盒旧盆，右侧是一大抱纸盒旧盆，中间是进出屋子的通道，她坐在通道上，择菜，从不抬头看我，仿佛人和人之间的注视是一件多么不必要、怀着叵测的事。

她的手机的音乐声真大。她每天总会有几个电话进来，便可以听见那音乐：洪湖水，浪打浪……她说了什么，是有人要回来吃饭吗，还是让她等着，要接她去一个地方，吃精美但也嫌浪费的饭菜。她没有丈夫，儿女不在身边，她其实哪里也不去，即使做保健品推销的热情青年男子阿姨阿姨地跟着她喊，要接她去参加一个集会，她想了半天，穿上了花衣裳配花裤子，依然没有去。她既不看书也不听广播，猫狗落到眼睛里就要扬起坚硬的手臂，驱赶。当然，书和广播似乎不用听也不代表就不文明，不爱惜猫狗的人心里也会有爱给自己的小孙孙。她用手机放邓丽君的歌，音量真大，真好，在每天清晨七点半，带给我激灵。

我今天在窗子那里站着，五宝把自己整个放进凉如河水的秋风里，我第一次这么认真地看对面的这个年老女人。她在七十岁的时候，甚至更早些，六十五岁吧，迎来了孤独的人生，坚硬地向前走，或者不是向前走，而是坐进一条并不湍急甚至温暾拖沓的河流里，任偶尔泛起淤泥的河水带她走。她不能让自己闲着，于是择菜淘米，每天三次。于是搜集废品旧物，更多的时候在小马扎上假寐，脑袋贴到胸口上，安静到她就是梧桐树上的一片叶子，一只灰色的飞鸟，一种不明生物。

我也不闲着，我清洁屋子，跪下擦地，地板任何时候都是锃亮的。我因为擦地而依然是一个身姿轻灵的女人。我因为把五个小朋友数来数去，目光落到这个落到那个身上，因此大脑灵敏，心底温柔。我也在很多时候坐到躺椅上去，慢慢就假寐起来，我怀里的书，我书桌上搁着的一杯凤凰茶，我心里的那点子踏实和希望。我多么安静，就是一片树叶，一只灰色的飞鸟，一个站在湍急河流里，目光落定在河对面长满红叶的崖壁上的人，暂时或者永远，不做不明生物。

陪护机器猫

“如果你病了或者哭了，它们会有反应吗？”猫君问我。

我细细想来。那五宝啊最好，跟进跟出，仿佛搀着我去了卫生间，又去了厨房，再返回卧室，我睡下，我无休止地哼哼翻身，它干脆横卧到我脸上来，眼睛看着我，大大的亮亮的，毫无睡意，一个敬业的陪护机器猫。

三宝最暴躁，嫌弃我的哼哼唧唧打扰了它的作息，于是把身子突然抱得紧紧的，一坨白大饼，并且爪子盖住脸和眼睛，嫌弃屋子里灯光的亮和我的响动。我推一推它说，我疼啊。三宝耳朵耸一耸，把自己抱得紧紧的——无情亦是大情，你自己去悟吧。我果真依然爱它至深，它做它自己就最好。

真疼啊，疼死啦。比如头疼，比如胆囊疼，比如小腹疼，比如小腿疼。心的疼这种事情越来越少，难道我果真从此和黑马王子过上了幸福的生活？

猫君扑哧扑哧大笑，想象五宝搀扶我进进出出的忙碌样。

五宝可是为我们大家操碎了心的。小橘在用后脚丫抠耳朵，它立马飞奔过去帮助舔耳朵，专业清耳二十年。金宝把大橘的脑袋当核桃咬着玩，五宝冲过去连扇三巴掌，从此金宝见了五宝就贴着墙走路。三宝夜半叫门，五宝第一个冲过去，嚷嚷我开门。

麻麻？

嗯？

这是我和五宝最经常的对话。

和猫儿说话，你只需说一个或者一串嗯就可以了。比如五宝的铁脑袋要钻被子，我就发出嗯的声音，它就勇猛地撞进去了，我看着被子深处的它，就觉得这是旧石器时代之前的荒古时代，一只猫儿在一个岩洞里，威武，独立，没有寂寞。

五宝是铁打的，眼睛若铜铃。三宝懒洋洋，像吸毒者，愁怨地和我说话了：麻麻，开罐头！

可是我昨晚生病的时候你不管我的。

可是我那时候很瞌睡的。

那么你爱过我吗。

一直都爱啊，一直都在你身边啊。

写到这里，我的心突然细细地疼了一下，眼睛热热的，我竟然还有眼泪的。

小橘劳模

初冬瑟瑟，我把院子里散步的小花抱回家，请它吃豆。它是对面人家里的猫，黄白色，戴着粉色的颈圈，好不神气，见了我一定要我抱抱。它们小动物赫然就能知道人的好坏。猫君感到最奇怪的是，无论在杭州、重庆、汉口，都见到陌生猫儿瞬间依偎到我手边，咿咿呀呀与我说话，小脸庞多么认真。人活着活着最终是相信气息之说了，而不是，社会关系经营大法。后者不可靠且多么无趣，令人负重，毫无生的愉快。

五宝见了小花就嘶嘶怒吼，立刻打成一团，铁手臂挥舞之速度令我眼晕。盖因为它们俩皆是小女猫。在外游荡的小橘从窗户跳将进来，看热闹。

我拉开五宝，抱小花出去。然而我奇怪的是，小橘这唱的是哪一出，不走门偏偏搞个破窗而入，飞檐走壁大流氓的样子。小橘太肥大了，它才不到半岁啊。回来了就是埋头吃，吃饱了就飞窗而野，突然敲门回来，突然又消失，再回来。

你会有这么忙碌？你这么进进出出多讨嫌啊！

它们猫儿是不搭理人民评价的，人民头疼地睡着了，暗暗反省自个儿特立独行的半生，亦是多么讨嫌啊。

清晨开门，门口三只不大的老鼠。小橘站在花墙上。

那么，这是你的一夜劳动了？

小橘说，让开，我要进去吃豆及睡大觉。

它们猫儿到底要不要表扬呢？既然放来门口，就是要表扬的，可是也不屑于人类捧场，猫儿的城府真深啊。大橘很久不回来了。小橘每次回来我都要摸摸它的尾巴梢，小橘的是骨折过的卷曲，大橘完好。完好的大橘的尾巴很久不出现了。

小橘虽然孟浪，但多么温柔，它的手与我嬉戏的时候，完全地不露出利爪，小肉团团一下一下地拍打我，它的黑亮的眼睛打量我，觉得人间是稀奇的。

大橘消失了

它们橘猫叫门的声音是降调，淡淡的抱怨，温柔的，三声陡然到四声。而奶牛猫叫门是昂扬的声调，大脾性的，呼喝着，一声到二声，我若再不飞快穿上拖鞋冲到大门口，贴着门边的奶牛猫就要被追杀的刺客击中啦，就是这样一种感觉。而橘猫，懒懒的，你若慢点，它就干脆跃上花墙看风景去了。呆萌者。

我一听见这样的降调在门外，就懒懒在床上问，是小橘还是大橘？从前，拉开门，或是大橘或是小橘。而今日，寒露过去几天了，这一年就要过去了，大橘已经半个月没有回家了。我问，门外是小橘还是大橘，其实是希望命运出来奇迹，那大橘温良敦厚的目光终于与我连接上。拉开门，小橘这金黄老虎挤进来，奔向饭盆，那里面有我中午打包回来用开水冲洗干净的鱼块和肉块。哇塞哇塞哇塞。小橘的小心脏一定是发出这样的惊呼的。金宝本来趁着门打开就去了走廊，蓦然想起那碗它吃剩下的肉，于是赶紧掉头回来，冲向饭盆，用大脑袋和身子把小橘挤开，请它的小圆脑袋离肉块远点。我呵斥开金宝，小橘知道我是它的护法，便定了定勇气，把小圆脑袋继续搁进大饭盆。

此时的奶牛猫三宝和五宝，一脸惊奇，它们从不吃我打包回来的肉和鱼。橘猫像狗像熊又像豺。奶牛猫是一种粉红色半透明的小天使，轻盈，矜持。

然而大橘半个月没有回家了。我傍晚的时候在梧桐大院里走来走去，喊它的名字，它不应和我。我去搬木头梯子，打开天窗，爬到楼顶上，那里荒草依然丛生，可是没有大橘的圆脑袋向我奔跑而来。我在天亮的时候起身，打开大门，走廊和花墙静悄悄，梧桐树粗壮的身子扭向天空，那善于爬树，一直去到天穹的金黄色大猫儿——如若奇迹是一个并不太稀有的东西，请赐予我吧。

夜里做梦，有人告诉我大橘这黄猫儿如今在走廊那一头、一个很老的老头儿家里过活呢。老头儿行走不便，大橘便每天陪伴着他。我在一片昏蒙的空气里敲开了这个老头儿家的门，门打开，一只黄色的大猫高高翘着尾巴奔到我的手前，我抱住它，它琉璃黄的眼睛，敦厚的面容，正是我的大橘。而老头儿和大橘仿佛 已经在一起生活了一生一世了。

猫为媒

陌生画猫人

一袭黑色的大衣，黑色的呢礼帽，黑色的羊皮手套。他在照片里的样子——眼神凝结着，几乎就是为了让她在这个时光的顿点里看见——他的唇线润泽清晰，方眼镜片里的欢乐亦沉郁的眼睛写着的是什么？多情爱的每一日？逐浪般的少年凶猛至中年依然健在？天生及至一生喜爱放达不羁，如木心，最终孤身一人死去？永不会缺少情爱情欲甚而爱慕爱情，还有一种友谊式样清白的恋恋的接近……

他繁花般的生命，虽然孤绝，也令她想慌慌躲过，此种逼人的光芒。

方才这张是近照，冬天。现在正是隆冬，他独自去山西看古迹，在大同某古老小街巷里寻找食物，面食，他的不爱，这是后来知道的。后来，他们是友人，熟人，情人，恋人，终于抵达夫妻一词，也可以叫作伉俪的。但现在不是，现在他们是陌生的人。

平生见过多少陌生人？他们在那个隆冬的夜晚各城各自静默弄饭，斟茶，照顾自己洗澡，坐下来把脚放进热烫的水里。在水里的时候，缓缓的热蒸汽，窗玻璃的墨蓝，世间的空旷，发了一小会儿呆。默哀从前的陌生人和自己之于他人终究是无关痛痒之人、不肯赠予朝夕相伴四字给自己这一真相，所以会默哀今日又一个陌生人的出现。

强打起精神来，微笑，镜子里有点苍白的面影，法令纹不可以再重了，她对着镜子牵起嘴角；他觉得自己的胡须不可以再多白，已经大部分是灰和白。现在，她把一个清洁的自己安置到小床上，木头不刷漆，单人，薄的床垫，生怕太舒适堕入欲望，失去那警惕心方能生发的振作和清新。窗帘闭合，台灯低低，猫一跃，一只，两只，三只，如威严神兽，来到她的枕侧，纷纷伏卧，发出轻微的鼾声，表达对有序有温暖生活的满意度。现在，她继续跃入——他的微信。

几乎是带着略略遗憾的神情，唏嘘地搓着手，这样子真难看，如此这般靠近另一个生命，却不可以抱任何愿念，如此自我嘲讽一番——曾经那些奇奇怪怪林林总总的陌生人，这当然又是一个，嗨，就这么约略看看好了，看看别人在吃什么、玩什么，平时里以什么正经兴趣打发光阴，仿佛每个人的光阴都嫌太多，所以要每日天一亮就寻找来一簇簇的事情，贴到微信上。他和她都是那种每日贴三五则微信的人，孤独，孤绝，耐不住寂寞，发疯，明知道看的人会对自己这样下断定，却完全控制不了——发出去，于是自己还活着，活得尚好吧，虽然单身一人坐卧行吃看，对猫儿的笑也是送出去，没有接住的那个明亮可以荡漾回来。

他们两个，一个女人，一个男人，在几乎半个世纪里不知道这个星球上有对方的存在。咣然响亮，铜钟被击打，在深远的大山里，世界突然刷新。此人是谁？他是一个画猫人；她因为拥有三只大猫，于是点开此人网上画展，踱步进去。

廊桥猫奴

如果一个理由他者承认，才能达成圣洁的盟。爱的理由不被承认的羞辱，她这对命运主动的人，品尝过，深以为耻。既然不被承认，发起人就有轻薄之嫌，在他者那里，鼻腔里的哼的一声，于是她就听见了，甚至怀疑自己果真飘摇若水葫芦，无限地繁殖，令他者的池塘惊惧愤怒，终于被连根抛出。

中年击水，最后一搏，她陡然生起的崭新的、清洁如雪的勇气，从何而来。一个四十三岁的女人，廊桥遗梦里女主人公的年龄。而他，五十三岁的单身男子，正是《廊桥遗梦》里男主人公驾车来到著名的乡间老桥的年龄。廊桥里的他们永远地只须臾三夜便离别了，彼此眷恋而不得，啼出沸腾的血，所以骨灰共同撒到廊桥下，生而为人最后的办法。

王菲在诵念金刚经：过去心不可得，现在心不可得，未来心不可得。

于是她挪移到一朵淡粉紫莲花上，与他辨爱，世间善男子，善女子，如果他们果然是——

那一夜打开你的微信，看见你晒出青年时代末期的照片，一注视便潸然泪下三分之一面庞。此意云何?

他若避而不言，只言天气，或突然来了其他重要的事情，忙忙挂断电话，抑或油滑一笑，轻浮接话，她便知道自己又一次错了，以为的锋利之剑击水，请龙王冲天而出，与她对话，互知，是不可能。

精确的顺序如下，若将来有人问：她先加了他的喜猫公众号。他见到她的关注，于是告知她自己的微信号。她加了他的微信号，于是他向她问一声好。

在她这里，这一声问好是他对待关注他的小粉的必定流程，如果他的总粉不过一二百人。成千上万的粉的公号推主，早已没有耐烦惊喜于又一个粉的到来。

在他那里，她的食指轻轻敲开一个公众号并关注，只是日常，是她的关注了总有二三十个号的又一个。

那个互加的顿点里，他们都是屏息的，却都以为在对方那里不过是平常。煤气灶的火苗，火上的汤锅，圆圆的木勺，青花瓷碗，他们各自，一面注视火苗，倾听汤响的动静，一面看见世界这旷大幽深不定的海，这大海啊，突然浮起另一艘小船的帆的尖，或者是另一条鲨鱼的鳍的尖，或者是另一座冰山的尖。除了自己和另一个尖，这个世界别无他物了。

然后他们洗漱干净，躺下，目视屋顶，那里是一片白墙的白，年岁久了，发淡淡灰黄色，与他们的年龄标示的身体相仿。可是心，侧耳倾听，一下一下，十八岁。

但是那潸然而下的泪，就像她丢失于人间太久的，什么呢？至亲？骨贴骨，比骨血还亲的。那就是灰，灰和灰拥抱在一起的缘。廊桥一书害了多少人？

但是爱猫的男子，是多么少。她爱猫爱了近半个世纪，从幼年抱着猫，到了中年怀里依然每日是猫。喜猫公众号里，他画的猫的好看——她立刻就认为好看到无人能及了，唯一的，最好的，绝对真理。

她只踟蹰了一下，下一个白天里，过去了一个早晨，中午也快要过去了，向晚之前，安静的下午里，她在微信里问他要手机号码。

他立刻就给了。并放下手中的茶，端正坐好，注视手机。

她立刻就拨打了。他的声音，那当然是一个极其陌生的男子的声音。她也是一个极其陌生的女子，十八岁的喉音，因为要一个爱，嗓音坚决地拒绝衰老。

她清一清音，要辨爱，抛出那两个爱的理由。时不我待，是某东商城里的闪购，若不摁下鼠标，闪购就被世间那么多闪电的手攫取干净，不留片甲，她将瞠目结舌，两手空空，空留怅恨。

她还未抛出去潸然和猫咪两个关键词，他先清了清音，问了一个问题，几乎是莽力发射出来的一个问题，若把这嗓音描述为一声大喝亦是合适的：

“你的先生是做什么的？”

于是她立刻微笑了。

辨爱

说是有这样一对少年时代便相爱的男女，马拉松十二年恋爱，终于结婚。参加他们婚礼的一位女子如是回忆：大家从四面八方坐火车乘飞机赶来，都是高中同学，见证过这少年羞涩漫长之爱，婚礼上每个人泪水翻滚，为着坚贞的爱情，仿佛朝圣，目睹这奇迹，人生便无憾。

她听着这描述，也心里起微澜，这大约就是完美的人类之爱情了，堪与天鹅媲美，那种专一，执着，认定，终老。没有之二，只有死亡能够分开它们。

女子继续说下去：他们结婚第二年就离婚了。没有人知道为什么。

所以请相信直觉吧，而不是反复度量，彼此观察忍让十数年。虽然她这之前二三十年里直觉的错误。或者说贸然决定的错误，不能说少。几乎成了没有信用的人，这个信用是自己对自己的。但是这一次的直觉，她每一次在某东下单，就是这样的决断力，凭着丰富的经验和已然终于知道自己真的热爱什么，合适什么，所以决断力越来越正确，失手少到微乎其微。

那么，之于他，她的鼠标点得迅速，点下去，发出咔嗒一声，闪购怀中，是否就对？

可是爱猫的男人其实很多。这个用鼻音慢吞吞发音的男人听见她扔过来的第一个辨爱。

不。她几乎在话筒里做了一个果断的挥手动作：事实上，喜欢猫理解猫的男人微乎其微。

于是他立刻妥协了，也断定微乎其微这个词语用得是对的。他妥协的方式就是声音很柔软很柔软，几乎到嗫嚅，到无，像微醺初夏的第一缕南风。

第二个辨爱，那潸然、突然泪下三分之一面庞。他悠悠道："脸部的黄金分割线。"

他们一齐笑起来。是看见了别人的一件好玩事情，而不是他们自己制造的。对于两个还是陌生的男女来说，辨爱是没有把握的，甚而是尴尬的。但是他们像很熟的朋友，讲一个梦里的情景，那样自然，无辜。

他少年时代生得真是俊美，清朗，到了青年时代的中后期，青涩已脱尽，娴熟但不油滑，他的唇线，淡定的眼神，利落的面庞，蓬勃的黑发，那么些满不在乎的旷达风姿，清高理想，她都看见了，清清楚楚，从照片里落到她的心里。

心里的判断、心里对爱的对象的认识，这才终于认出来，在人世间遇见，甚至是翻找出来，原来如是，如是才是。

俱往矣。那陌生的两个人，新鲜的，结着薄霜，在太阳下发光，万物发华滋，彬彬盛世，怀着不可言说的羞涩，爱慕之心是将融的浓浓起司。那些个从前握在手心的永失佳人之憾痛，那创面，突然风干。他们互为撒着云南白药粉的创可贴，互相贴上。旧伤都会不见，如果药粉果然是绝密之方，世间唯一，终于得来。

会怀念打开冰箱前沐浴在薄霜中的自己和他。而不是后来，到底是热恋了，谈婚论嫁了，立刻结婚了，生死与共，荣辱与共，休戚与共。这么多与共，更像利益的联盟体。她表示出巨大的吃惊和怀疑，如果他们自己的婚姻也如爱的理论书里说的，婚姻就是利益的联盟，那么他们该如何断定这里面爱情的成分占据的是百分之百。

必须是百分之百。她虚拟的挥手动作无处不在。他喜欢这个，有时也惧怕这个，嫌弃这个令他感到累，虽然推着他在命运大海里奋发地生，也是她给予的这个利落划舟桨动作做动力。他热爱这个，几乎崇拜，在共同睡眠的时光里，他的面颊无时无刻不贴着她的面颊，不分开，他一定觉得大海虽然起伏不定，但有了她，就没有黑浪和海啸，更不会有礁石猝不及防让他的小船粉碎。

她天不怕地不怕地挥手，那果断，真是令人……但是只有她的面颊他能够贴得住，那么就是找到了，爱人。所以还需回去，回到那个将要见面的时光顿点里，慢慢再走一遍，感受，摸索，探访出当时的陨石与陨石的——遇见？撞击？拉手？内里深藏的韵致！以窥见爱情的发源地。

好猫。她的微信名。喜猫。他的微信名。

对仗工整，平常中的欢喜，而且不是向左走向右走的小悲秋，他们毕竟遇见了，这人间奇迹，一定来自一只含着神力的手，那么就是天作之合了？

可是从前的每一次和陌生人撞见，他们不是认为这就是天作之合？！他十二年前的那个令他在第一次婚姻里出轨的1号佳人；七年前正经八百相亲得来的恋人，据他自己认为这个2号佳人其实是他生命中的NO.1；五年前小他十五岁的小佳人，也就是3号佳人。哪一次都是轰轰烈烈的开局，到了中部和尾部就开始苍白起来，强打精神，英雄无路路茫茫，前不见村后没有店。

她十四年前从那段婚姻里猛力出逃，其实也并没有追兵。她以为的追兵在第二年就去咖啡馆相亲，得来了可以相濡以沫直到推轮椅时光的妻子，简直那个才是发妻。十二年前遇见一个上海男人，在小马路边的弄堂里住了一年半，她又一次猛力出逃，其实也并没有追兵，她以为的追兵在她离开后的第三年得来了可以相濡以沫直到推轮椅时光的妻子。然后这十年就波澜不惊无欲无求地过来了。中间有三两个小插曲——不合适。处着处着心生厌恶。看不上她。或者她看不上别人。

没有丈夫的女人，处处令人生疑。她渐渐觉得自己走在迷宫里，处处是路障，他者的目光，而她其实渐渐在衰老了，这真令人心碎，有一天她用手机里的镜子功能拔白发，眼霜几乎用来当面霜心里才安定。

安居乐业，没有女人其实就没有完整的令人

寒夜客来

葬花辞

朝饮木兰之坠露兮，夕餐秋菊之落英

回眸一视百媚生，人间粉黛无颜色

信服的居。他是多希望自己干出一番事业，得来无限机会。然而没有居的男人，处处令人生疑。他越来越深居简出，在独自一人的居里，悄寂，没有声息，厨卫里水管里的水声，楼上的狗叫。感觉自己还是一个青年，可是胡子一半的花白令他呆看镜中的自己，似乎再睡几年起来，在幽寂的屋子里飘来飘去，那个坐轮椅的时光就到来了，而推轮椅的人至今没有出现，没有这个人日子会很凄惨，他暗自惴惴。惴惴的峰值到了最高峰的时候，他们遇见了。峰值再高一些，他们就都会崩溃。他形容自己，已经有了潦倒的预兆了，比如睡袍加身月余不去大街上。颓丧。她描述自己，最可怕的就是人间的节日，她将何去何从，佻兮跶兮于哪一座城墙？

你若再不出现……他们几乎同时发出这样的，对命运的质问，委屈，喜极而泣！

猫为媒

仓央嘉措为他挚爱的玛吉阿米写诗：最好永远不曾相见。

见了不是那么爱，倒不可怕。见了之后爱到无法失去达到占有的窒息，那才是顶顶可怕的呢。她轻捂心脏。

他说，既然如此就要早早见面。凡事都要早早。以过去的经验，成人的世界里稍微没有决断力，就疲沓了，可有可无了，也就放弃了，不要了。要，是一件累的事情，所以宁愿不要，如果爱没有百分之一百那么多。但是凡人之间的相遇怎会轻易就抵达那个百分之百的爱的程度。所以最英明的办法是早早见面，若好，就早早结婚。

若不好呢？她轻捂心脏。仿佛从前都是可以失败的，独这一次，不能失败。把这一次看得极其重点，过去的永失佳人，和这一次比，那么这一次若不可以被成全，那就是永失今生了。平白地就这样认为了，是因为他年轻时候茂密略卷的黑发？上扬的甚至是自负的唇角？饱满的额，理智而热情的眼睛里的光芒？他在纸上现出的各样形态的猫咪？他深夜里寂寞的茶盅？他日趋于缓的脚步令人想陪他坐下来，时光从此不是无情流沙，而是热烫温泉，任何时候都如澡雪春秋般痛快爽洁明确。

对，明确，这个词语多么好啊。他在电话里说，若我们果真结婚了，这件事就终于可以不用去想了，心思用在更多的要做的事业上。

他的理智需要她来谴责并纠正吗？但似乎也没有错。安居，而后乐业。他和她很早就不想在众人里显得可疑了。那可疑，真能够扼杀生命的活力。而他们的活力终于已经不是太多了。

她穿着粉色小花朵的细条绒衬衫，围着深粉色的棉围巾，盘着丸子头，清秀无辜地看着镜头。他说，这样村姑样子的女孩子，正是他一直喜欢的。他不喜欢老气的女人，比如那种穿着旗袍脸色黄黄手干枯的。她听了心里惊一惊，觉得自己再如此落拓，那个面色黄黄穿任何衣裙都显得老气的一天，几乎就在眼前了。

所以她大可不必惊心见面，几乎不会有什么意外，她照片里的样子正是他喜欢的类型。关键是，他们都爱猫，猫为媒，错不了。他说，在古埃及，猫代表神灵，是神派到人类中的灵者，只有猫懂得拿出一天里的二十个小时打坐修行禅悟，猫在所有动物中最具高贵动人的气质，帮助着抑郁艰难但内心善良的那一小部分人类，让他们终于活下来，快乐健康，万寿无疆。

他们一起笑了，释然的，觉得媒人高贵而可靠，他们当事人自然应该积极配合，而不是胆怯逃跑，或者无期限拖延下去，得来一个坏的结果。

因为有猫

上帝用七天造满一个世界。他们用七天晚饭后的时间踱步商量，见或者不见，你都在那里，但若不见，命运就被改写，被洗牌，她和他都将不再存在于彼此的时空里，不会两次踏入同一条命运河流。

仿佛她或者他多么稀世，稍微一懈怠，对方就被他者之手攫走，真是敝帚自珍之精神。

猫。唯有这个的存在令他们稍安毋躁。过往遇见的才华、美貌、门第、地位、邂逅、好玩、帮助、忠诚，全都不可靠。或者是他们辜负了别人，用沉默遗弃了别人，或者是别人用坚定的态度不准他们再次地靠近，以防止被不匹配者占有。

他在一个记者访问里振振有词：猫和狗完全不一样，我只爱猫，猫令人敬重。

敬重的意思就是猫不谄媚，猫独立，猫静默，猫思索，猫优雅，猫怀着不可告人的撮合神力。

他用墨笔勾画晕染猫的时候，凝神画纸，猫的腰肩背小臂唇额头，从空而来，力量注满。他的手指颀长柔软光洁，正是画家的手。整猫诞生出来。

她每夜每夜爬上自己的小床，三只跃入睡梦的猫，围绕住她，仿佛她是长发森林女神，她在自己的长长的头发里昏睡，因为手可以任何时候就触碰到猫柔软的身子，于是她从不失眠。

他们活得下去，因为有猫；他们活不下去，再大的浪子竟然还是要终其一生寻找另一半的。义山兄中年丧妻后不再续弦纳妾，并不是说他不寻找另一半，那是因为他的发妻正是他生命的另一半，他早已拥有，便不会再去寻觅。

如此推演，她和他半生轰轰烈烈视爱情为生命，其实从未找到真正的另一半。现在他们押注，彼此正是对方真正的另一半。

猫为媒。

他们决定出发，去一座山城见面。

或者不见面？她惧怕那未来。她试着在电话里捕捉他的不够的决心。然而他竟然是有决心的，没有动摇之磁波传来。

于是她也就认命了。或然是人生中又一次屈辱和难堪，比如之后被沉默地疏远，永远不许她来占有他，因为她不匹配。或者是她看清一个真相，那就是遇见的陌生人，是又一次的错误，她也就委顿静默下去了。电波消逝。

她在夜色里的花墙边思索这个悲剧。对面的阳台上突然从正屋里走出一对男女。声音是年轻的。男人说，你就这样不要这个家了？女人沉默。男人又说，你就这样决定去跟他过？女人依然沉默。男人说，这些年你在我家，哪一件事情不是听你的，为什么你要走？！

她已经听不下去了，吃惊地缩起肩膀，世界末日不过如此。她当年亦是如此令那个男人悲伤到指天问地吧？他当年亦是如此令发妻悲伤到天旋地转吧？

男人并没有出手打这个女子，只是不断慨然发问，显得深情满满。女人说，你今晚酒喝多了。男人说，不过就是半杯葡萄酒。

男人方才说“你在我家”，令她觉得刺耳。也许这也是这个女人放弃这个男人的原因之一。

她已然超脱了自己或许会到来的悲剧，瞬间被别人的，或者说世间每一分秒就会绽放的悲剧，压倒。其实是欢喜的，因为她早已摆脱他者对自身的质问。她的世界简单，清明，三只猫的汤汤河水，在她脚下。孤绝，但绝不是困兽。

猫爱

她要出门去。见到他。拥有他。猫不会坐视他们的孤独，而不伸出援助之手。

她为了他青年时代后期在照片里的样子，而当时立刻潸然，这种戏剧化，从前没有，之后也不会有。为了一个陌生人的样子潸然，这样的概率此生只有这一次。

于是为了这个样子出发，途中好几次打开手机里保存的图片，看他，那种天然又有历练的魅力，蓬松的黑发，黑亮的眸子，笑意蔼然其实内里清高，斯文但狂野也存在着。她每一次都会被这种她识别出来的魅力，倒吸一口气。

是美丽的，也是危险的。万一错了呢？她问

他。他回答，万一对了呢？

所以她只有出发。

说是新世纪初期某年，其实早已是人间末世了，一个而立之年刚到的男子，从岭南开车出发，向着醉生欢情乡，杭州，奔去。而不是初唐时候后来叫慧能的少年，从岭南步行出发，往中原的黄梅寺去，拜五祖忍，求真知大法。

他试着替自己辩解——亦是从岭南出发，寻求真知大法。比如情，爱。

他在这末世里，甫一跌入温柔昏然、桂花香气的西湖岸，便因一个信步遇见令他惊为天仙的本水岸女子。便动了杀心。杀，是多么广义。背信弃义心，是杀。风月之念，是杀。

关于抛妻弃子的故事，人间年年月月上演。新得来的女子，一年零八个月，从浓烈如焰，到恨怨纠葛，最后的一拍两散。而他已不能回头，岭南的家，山峦重叠，他把自己搁浅在了西湖岸，如一条自认无辜的大鲸鱼，雪白的，怀着善念的，懵然的。然而那欢腾的欲望，又使得他的搁浅更像一条大鲨鱼的狡黠张望，雪白的獠牙。

也从此混入了一杀继一杀——他曾经想要的情和爱——其实是欲望，此种所谓对真知的追求。

被别人杀。他杀别人。互杀。三个五个七个八个，一路杀来，精疲力竭，渐渐发现从一遍遍复制的情爱事件里得不来什么真知。昏昏然的纵情肆意享有之后，总是草菅人命欲辩也罢的慌张和疲倦。

找到那个在未来死心塌地给自己和自己愿意给对方推轮椅的人。他们在公元2018年同时暗暗生出这样一个凛然的愿望，甚至是决心。

老来伴……你知道这三个字是什么意思。他在一次微醉后与旁人说，老来伴前面的四个字才是前提和重点——少年夫妻。所以不要想着混到老，找到一个伴，免去孤寂，但那个不是老来伴。

培养一份感情半生，才能得到老来伴这个待遇，要抓紧，在尚有的余地和时空里，找到对的人，还来得及少年夫妻的浓情蜜意，有这个做底子，通向康庄大道——大道上晚年的他或者她被推着，推的人有耐心有爱意，把推轮椅当作甘心情愿的享受。

汉口女人

好看的女人抽烟是可以的。不好看的女人抽烟就自带男人气场了。又会觉得这个抽烟的不好看的女人一定心中很苦。而好看的女人抽烟，抽就抽呗，活着的潇洒派头。所以突然的某个时候，好看的女人和不好看的女人就被偏见了。而男人好看与否，所得待遇不会有太大差别。男人只要心地纯美天真气十足豁达无私温柔谦恭自尊，就总是好的，就会令女人不自觉地靠拢到身边去，听他说话看他行事，都是享受。

老汉口的大街上会遇见抽烟的女人。青年女子，中年女人，老妇人，她们的面影从我的眼角飘过去。我会想起我在沈阳的小姑姑。那是一个年轻时候几乎是绝色的女人，在沈阳的重型机械厂工作，年年评为优秀工人、劳动模范，八十年代奖励了她一套在七楼的房子。她至今八十多岁了，依然七楼上七楼下。她到老了依然做事麻利干净，生活讲究，做饭好吃，说话款款温情，带着东北大地白桦林的朗月味道。她的眼泪，我的眼泪。早逝的父亲最后的日子里见到了这个分别了三十年的唯一的小姐姐。

所以我对抽烟的女人从无芥蒂，更无厌恶之感。有一次姐姐来汉口，蓦然看见一个抽烟的女子从我们身边飘过，她沉吟道，记得从前你是抽过烟的。她又在谴责我。

从前。十五年前。而现在完全不抽了，那就是早已长成为心中温暖平静强大的女人了。老汉口的老梧桐院子里，抽烟的女人蹲在地上制作臭鲑鱼。用暗绿色的臭豆腐和红辣椒给晒得半干的鲑鱼刷浆，然后一层一层压得紧紧的腌制发酵。因为两手都浸在浆汁里，烟卷便叼在嘴间，吞吐烟气，眉间暗郁，比男人还男人，比江湖还江湖，比不幸还不幸。

但是她看着是那么快活，屋子和门前的白瓷砖地打扫得多么光洁，鲑鱼已腌制，风干咸肉和熏腊肉，咸鱼，都挂在高高的铁丝上。就要进入腊月了，小寒大寒小年夜大年夜，所有的亲人都可以见到，所有的放肆的休息都得以实现。牌桌每天响，黑铁锅里的菜炒得更响亮，大骨藕汤的钵子冒着腾腾的热气。女人的头发随意地拢到脑后，穿着棉睡衣棉睡裤，烟叼在嘴间，和男人说话比男人的声音还大，如果一劈手夺过什么，那一定是飙风似的不容她不得。打牌抽烟的女人是不屑于去跳广场舞的。跳广场舞的女人们系着丝巾烫着卷发兴致勃勃地骑车飞过解放公园路大街长长的绿荫道。生活的逼仄，不为人知的眼泪。

我常常暗暗吁叹当女人活得比男人还粗糙还耐苦还烦躁还逞强还愤懑……这个世界的美也就不存在了。当年我们看小说《万箭穿心》里的李宝莉，哪一个不是埋头便看，看了就两眼发黑长长叹气后怕有余，如果谁说一个女人活得像李宝莉，那就是最大的贬低了。女人要活得像《上海人家》里的小姐，穿着阴丹士林的蓝袍子轻轻在木地板的家里走动，听听唱片看看书，又去阳台上眺望世界，那里面有一个心地纯美天真气十足豁达无私温柔谦恭自尊的男人正向她走来。所以女人是伟大的，都知道做尊贵小姐的好处，但若命里该是撸起袖子干活的，那就撸起袖子干活吧，干一辈子，也快快乐乐的，那傻气。

我哪里知道有一天我会来到让我们又爱又恨又痛又惜的李宝莉生活的码头上来，静静地做一个旁观者。或喜欢，或生气。这一晃第六个年头就这么到来了。

猫信

山城中心的黄昏，天色水色空气色，屋子里的颜色，都已浸入酡蓝。她从大睡中起来。其实不是深睡，所以脸色何尝就果真好起来，甚至更倦怠了，这真令人失望。热水冲淋，浴缸浸泡，混入精油的水，把脸庞和头发都埋入进去，汲取充足的水分和饱满的植物芳香。面膜的半个小时里，她打开微信，听见他的留言：出门了。机场大巴了。安检了。候机楼了。登机了。他毫不客气地安排她：到达时候就深夜了，估计连消夜都不好找，不如她现在下楼找个小酒馆打包些凉拌牛肉蒜拍黄瓜这样的吃食，最好再来两瓶江小白，如此一来，他们就可以从容契阔谈宴了。

另外，打火机记着买一个，他带了老山檀线香和香盒。

她对着镜子看吸收过面膜营养的脸。十多年前奔逃开一段婚姻的时候，她仿佛还是少女的不谙世事和虚荣，年轻，清脆，一折就断，银铃的笑声，将死复活又将死，好容易活下来。少女时代刚刚结束，现在是属于她的青年时代。爱恨，邪恶正义，永不原谅至握手言和，她一一经历，蓝色炽烈的钢刀在冰凉的清水里，淬，一道青烟里，她铸成金身——原谅了自己和他者，远离邪恶。

然后就在她对自己的终身大事几乎不抱有一丝希望的时候——不抱希望是因为烟火俱散——务实而贫乏的火，风月空空的烟——此时尴尬的年龄——他出现了。

一个画猫者。她抱着三个大猫，几乎喜极而泣。如果他不是她的，他还能是谁的？如果最终拥抱她的不是他，那么她几乎就是一场人生，满怀空空。

如此推理，她和他约好，山城见。并且，他已经是男主人的架势，请她作为女主人，办理好诸多分内事宜。他嘱咐了。她照办了。吹风机吹干头发，蓬松到腰际，全部盘起来，盘高一些，让法令纹提拉紧升到无，眼梢若丹凤眼，斜到云鬓里。把控好风情和清朴之间的那个尺度，她盘着头发看着镜中的自己在心里沉吟：这是奔着结婚去的人，不可出一点差池。

他相信猫，所以就相信着她。这个出差池出了半生的女人，而他们几乎是同类，他在四十五岁之后可以被两个字表达完全：浪子。

浪子在这个社会里是如此界定的：离过婚，谈过一场又一场恋爱，却再也没能结婚，艺术创作者，自由职业，从家乡逃出，在异乡租房居住，下一站在哪里暂且不知道，面容即使曾经英俊也渐渐被沧桑一把掐住，笑容迟疑带着讪讪，眼神呆萌，社会这巨大飞船从他的肩膀边擦过去，不带他走，他在原地，而原地不是他的，他不归属于原地，那么他归属于哪里和谁？

她看了他的画，在那个初识的夜晚因为他青年时代末期的照片而潸然。第二天在电话里，对着这个陌生太空里的陌生男子说：无论我们会不会成为长久的朋友，我只想请你记住我今天说的话，你已经成功了，你从前所有的兜兜转转甚至是错误，也许都不曾是错，因为今天的你就是你最想成为的你。

她说这段话的时候，哽咽了一下。似乎是在总结自己的半生，甚至一生。是的，她遇见了另一个自己。她如此地懂得自己，也就懂得了这个男子。

男人甚至比女人软弱，他们没有安稳的居，就几乎难以有盛大的业。再蹉跎几年，他自己都不敢想。他在电话里告诉她，这一年来，突然意识到自己身上开始有了潦倒的迹象。这样的话不可为外人道也，但是他愿意告诉她，一说出来，他就轻松了许多，明亮了很多，真实，令人踏实。他飘浮了太久，从一个放风筝的人，变成了风筝，最后成了云，再最后，就是大气里看不见的空气了，他拒绝虚幻，他希望有一只手突然拽住他，他渐渐变成云，风筝，实体的自己，着陆美好大地。

你还能哭出来，这多么好。他赞成了她的动不动潸然。

她说完那一席话，感觉好多了。好多了的意思就是如若他们不能相见，牵手，同行，但是她已经尽力了。崖壁上的藤条她一把捉住，如若藤条不愿以力道牵引她，她便仰面蓝天，就此过大气里一无所有的空茫后半生吧。

他是命运开动狡黠的脑筋送来的狡黠的拍档，是那根充满力道的常青藤，他青年时代末期照片里笑盈盈的样子，她的所爱，告诉她：早一点见面，早一点决定，早一点我们都好起来。

命运不可以有差池。这句话不成立。命运只能交付到命运的手中，她是无能无辜的第三方，围观者。但是她作为第二方，能够决定的权利也只是：让自己看起来好看些，得体些，是他理想中的她的样子。黑色最保险，五厘米的高跟鞋最保险，盘发最保险，淡淡柠檬香水最保险，眉粉比眉笔保险，唇彩比口红保险。

她去楼下一间小酒馆，安静等待菜做好打包，看酒馆的猫轻悄走动。她记着买一个打火机。小公寓里水已烧开，菜已摆好，座椅拉开，杯箸等待来人。

敲门声，不轻不重，是他这太空里的人，带来的第一个切实的消息。她只需拉开门——那是命运之门——她第一次直面命运的门和手，命运第一次用贝多芬的轰鸣乐音，裹住她，不容她再质疑。

玫瑰

他当年开着一辆七成新的菲亚特，从岭南出发，抵达胭脂水粉湖，怀着可怕的理想——艳丽的遇见，苟得夜晚的欢纵。

谁说这里面就没有真情实意？他最擅长珍惜欢爱之后的余恩。别人不要他，他不要别人，两两不要，都有余恩，令他偶尔突然回味一下。

关键是里面的美。那腰条如蛇，皮肤白绵而软腻，薄薄肚腹，尖尖的下巴，斜长的微眯着的眼睛，吴侬软语，手巧如魔术师。至今他的卧室的窗帘还是这个女子轻手轻脚踩踏缝纫机制作的。厚棉织布，细细的条纹，墨蓝色洗得略旧了，却更有味道。他从岭南逃出来十二年，和这个女子好了一年半，那么，这个窗帘和这个女子都已经过去十年半的光阴了。竟然不过就是昨天发生的事——他们在同居的公寓里负气。为了什么负气？他大约又在某个酒局上彰显了风流男人的魅力。她的前男友从台湾过来，要叙一下旧情——朝露的情意。而她果然就去了。偏偏就要去。至于去了之后怎么回来，都不要管了。反正他昨夜已经错在先，和那个西湖负有盛名的美媛，一见之下就有些微昏，再几个来回地扫视，眼角把对方装个满满，他的谈兴大好，俏皮话一句接一句，简直可以接到银河上去。

反正是他错在先。那个女子也就和台湾的前男友见面去了。深夜归来，心魂失去了七分。反正是他已错，她也不妨错一把。他们两个就如此连环套地分头出门，回来绞缠，恨死对方，爱死对方，抱在一起吻，哭泣，咒骂。终于爱失去弹性，苍白，乏味。分手。

一开始心心念念发下的誓言到哪里去了。一个小石头滚落到南澳岛的大海里。女子跟着他来过岭南，登门拜见二老，二老把不薄不厚的红包放入她的手里。美得像古画里陪书生读书的狐狸精，令自己的儿子心定如铁抛妻弃子。面相稍稍不尽如人意，鼻梁清冽如葱，但鼻孔直视可见。性格里不收的东西，会一直作祟，作一辈子。然而是儿子喜欢的。他们岭南人把儿子视作玉皇大帝。大帝喜欢莺莺燕燕的女子，而厌倦了铁娘子，做父母的竟然心里也是默许的，甚至偏袒。

就是为了这个女子离的婚。又仿佛上天为了在未来让他以单身与后来的她相遇，故意在十二年前请一个狐仙，现代也称狐媚子的，跑来打乱他的命运，让他金汤泼地，一滴不剩。就连这个狐仙，也在一年半后很快从他的命运里退场。他收拾用物，另外找房住下。另外的恋爱，一场又一场，次第开放，湮灭，开放，湮灭。

西湖的水看起来有点旧了。他从四十岁的青年的末期，火箭般抵达五十三岁，老年的初期。他背着手，头发秃顶，索性剃得一干二净。面色开始有暗黑涌动，每一个照片里的笑容都有沉思的意味，但与哲学气质无关，其实是黯然伤神。

她为之潸然的他的青年时代后期黑色蓬松的头发呢？那时唇边飞扬的自信气度，在睥睨天下。

现在的他简直是一个老迈的乡绅——时不时溜到旧山河，悄数掌心的女人，几乎一个不剩。哦不，剩有半个。那个以兄妹相称的小他十五岁的女子。其他的都在微信里风姿尚存地每日婉约，独立存在，很久之前就不再属于他了。他们互不点赞，但也不删除。算是过去岁月究竟不属惨败、小小有尊有涵局面。

他一路见着美人，抱住美人，赏析美人，试图理解美人，也被美人理解，朝着她出现的方向走来。她虽不是迫人呼吸的美人，但还好，如果再高十厘米，就是丽人横行，如果再瘦十斤，就是纤腰可握。幸好她没有高十厘米，也没有努力瘦十斤。她安全地着陆在命运说好的时间和空间里，没有人把她攫取走。她亦知道自己没有勾魂摄魄的宏大本事，所以深居简出，颇为宁静地活着。

他拉着拉杆箱跌跌撞撞于一座陌生的、山路盘转到720度、黑魆魆山叠着山、灯火落了一江的城。门打开，他看见这个一身黑色，蓬松头发高高盘起，五官柔软，身体安静的女子，用两秒钟认真辨识了一下。是的，就是她。他终于等来了意识深处保存的、要找的、预感中的那个女子。

真希望镜头永远搁在开门的这一小小须臾里。他们不相识了半生，却终于见着了。他把怀里的玫瑰奉上给她，就像她是一尊洁白的女神，俯视他。

她出乎意料地被一束玫瑰，奉上。巨大的惊讶，于是就成了端严的女神。

他的方边眼镜片，黑色的转动得有点热烈的眼睛，从照片里落到现实中，那就是极其陌生的，而在照片里的时候还可以令人潸然。总之，没有什么是可以令人潸然的了。他把玫瑰花交付给她，立刻抱住她，吻了。如同两个惯犯的约见。故事几乎就滑到俗气里去了。庄严正大的爱情和婚姻，但照着目前来看，这陌生的嘴唇的吻，毫无廉耻心的拥抱住，身体和身体迫切地要贴得更近，更近——哐当，碎了，那预设的寻寻觅觅之水晶心。

他的黑色的呢礼帽因为接吻而掉落到了地上。他的拉杆箱卡在门口，门尚开着一半。她怀里的玫瑰花太沉重，总有二三十朵，因为接吻，于是掉到了地上。他们用五分钟捡起各样东西，把卡在门口的拉杆箱完全拽进来。

说好的潸然呢。天下的狗男女在做的事情，他们只不过比他们多一束玫瑰。他开始脱大衣，照片里那袭黑色的长大衣，脱下来的时候扫着地面。她接过来，羽纱稀软，挂在衣架上。完了，或者是苟合，或者是庸常，两者都是令人气愤的大错。那说好的前生之约今世之遇呢。

他们既然生而为人，就注定了要被人间习气一个大浪打来，双双浑浊。

量子

我一回重庆，便要来和风餐厅。我一坐下便要点的餐，金枪鱼蔬菜沙拉。我用叉子吃蔬菜，一下一下，一口一口，上面的千岛酱是我的最爱。我曾经说，臭鳜鱼是我的最爱。鹅肝是我的最爱……就仿佛最爱可以是一个巨大的复数。于是它们每一个都不成其为最。

人生的破绽，竟然是懒懒的态度，却也是诚实坦然的。

陈琳那首歌，爱就爱了。后面一定还有一句。陈琳不忍心说。她用跳楼作为无言的收梢，真是悲切。她是重庆女子，和气而冷艳的美。我走在重庆女子们的中间，体会着和气与冷艳的混响。城里密密的每一架山就是风铃之一柱，长江和嘉陵江在夜半流动，风铃就奏响。

我一回重庆，就静了下来。我这个天生浮躁，好吹毛求疵、浮皮潦草的女子，独来独往十几年，竟然也活出了几乎低眉拈花的样子来。我在和风餐厅那个固定的位置坐下，打开菜单。三文鱼寿司，金枪鱼蔬菜沙拉。免费的绿色大麦茶，我的手抚在绿釉的陶杯上。这座极安静的城，埋藏着属于我的一个巨大的秘密。我得等，既像燕归来，更像一个浪迹者，也像一个落魄者，几乎就要潦倒了，但因为心无羁绊半世而茁生出清灵的风姿。

我的不多的随身之物、收藏之物，它们那么少，那么好，那么令人安心。昨夜睡得极香极沉，就像重庆从很早以前就是我的摇篮我的保姆我的母亲，我一靠近她的怀抱就辨识出来了——那清澈的幽香，那温糯的言语，于是沉潜在她的臂弯里，额下，身体的凸凹曲线里。她的呼吸，我的呼吸，她的不舍，我的恋恋，她的懂得，我的委屈，她的有所思，我的思无邪。

有一个小说里，三十年后初恋的人重新彼此来到，但是女子直到死依然不完全接纳男子。故事的结尾这个男子跟着已经死去的女子的弟弟去吃简餐，算是对远道而来之人的小小的接待——大约也有蔬菜沙拉。男子用叉子一下一下，一口一口，满心的……满心的什么呢？我到今天想不好他的心里那时刻盛着的是什么。

我在和风餐厅固定的位置、对面蓦然现出的一个人。一个儒雅的男子，他和我讨论量子缠绕这个近来十分热态的话题。一个量子分为两半，一个放到月亮上，一个留在地球上，如果把月亮上那半个量子倾侧三十度，地球上这半个量子也同时间地自动倾侧三十度。这个实验说明了什么？如果两个陌生的人突然相识，却是多么熟悉的感觉——量子缠绕——你们曾经在某一世代是同一体。

多么熟悉——声音，语气里的顿点，面容，手姿，缓缓的身影，呼吸，弱点——大雪初晴、青瓦屋檐上沧桑的老猫，我们是。

我却依然以为唯有通向婚姻的爱情才是真正含义的爱情。至于流俗说的红颜之爱，心灵知己，柏拉图密友，颜控者的胶着……因为不具有相濡以沫这个终极理想，而令内质打了很大的折扣，甚至有轻薄之嫌疑、将就之嫌疑、始乱终弃之嫌疑。

而且这些个所谓的爱，它们的前提一定是当事人太过于寂寞和虚弱了——这个说法稍显高雅。那么，它们一定是对于精神和肉体的狂欢，要得格外紧。所以流俗的爱会生命短暂并在总体数量上呈现泛滥的样貌。无庄严心、虎头蛇尾的苍白。

因为欣赏和喜欢，产生了爱意和靠近，并走向了解和依恋，在这六个关键词的鞭策下，最健康的爱情的终极理想，只能是婚姻这个伟大的城堡。

这个城堡简直是盛放着鲜花，彩旗猎猎，祥云隆重，从此相爱的人过上了恭敬有礼的幸福生活。

我们当年都是奔向城堡的快乐的人呢——情深而不诡、光明堂堂。如果城堡不是如此具有幸福的仪式感，我们怎么会携带着如许的热烈之心呢。

我不相信这个世界上有傻瓜会为了轻薄的一晌贪欢，而欢天喜地状——无欢无喜，唯见欲望的躁动、唯隐忧和悔恨如暗礁被海浪撞击。此种情感的纵意与烂醉人和吸毒人在梦幻中，有何不同。

须弥山

从接住质地并不好的大衣并半个转身把大衣挂去衣架上始，他们两架飞机的机翼发出一声嘶吼，全速并平稳地向着须弥山飞去，那山，在人间的名字叫，婚姻。

她这十年里有个比她大七岁的，她称为兄长的男子，在某日，她问他：老了以后怎么办。兄长迅速回答：老了大家都进养老院了。

他这五年里有个比他小十五岁，他称为妹的颀长女子，在某日，他放下手中画笔，讪讪上楼来，对倚在美人榻上的嵯峨凝冻维纳斯，半蹲下来，商议：不如我们结婚。

这古典美的削肩柳叶眉螳螂长腿之都市摩登博

士女子，略一沉吟扬起如锥下巴答曰：我们的年龄差距我不知如何让家里人能够接受。

灰色的飞蛾决定从开着的窗子飞走，抖落些许蛾粉。

他盘腿在她摆置好的酒菜前坐下。她燃着他带来的老山檀。窗帘低垂，窗外和走廊没有一丝儿人声。重重山峦，他们骑马穿过剑门入此城，努力心安理得享得这面对面。

许多不够勇敢的人最终会选择放弃。如果成功的概率对半开，不如放弃才好。因为性价比——劳神费力伤财，还关系到自尊，双方都不愿一种勉力之为，比如有一方觉出一丝儿的不合适。

就像是回家了。他吃下一口香菜拌牛肉，叹曰。

方才他吻住她的时候，用目光辨识她，急急说出一句很长的话：像姐姐像妈妈像爱人。

他放下筷子，伸出右手，抚摸一下对面她的额，眼角，仿佛在确认皱纹是果真并没有的，他说，和我想的你的样子一模一样。

真怀疑这些都是台词啊。到明天甚至也就是马上到来的夜半，男子惶惶醒来，身体开始散发客气之气，其实就是冰寒气，几乎马上认定出诸多不合适来，并迅速下出一个关于面前这个女子的究竟定位之结论，并且再也不会改变。

所以她一面慢慢吃着她亲手去打包回来的凉菜，下一口小酒，一面暗自想，这些台词不过就是过场，过场之后，他会怎样地陡然——那机身决定绕过须弥山，向着别处飞去。而她这架飞机，被甩在半途，或者是自己不想追上去，就此茫然于大气，稍稍搁浅，继而铩羽而归，归回到昏灰远景中无人推轮椅的时代。

有了结论之后，就再也不会改变，这样的事迹并不少。某个男子最终得来自由身，娶回家的不是经年的暗中情人，却是一个轰然出世的堂皇女子。

她用很小的酒盅，很小口地喝酒，心绪婉转：所以会一直等待某天，某君的轰然出世，她必毫不犹豫出手，取过来，拥有。而不是在某天被一个堂皇的女子登上须弥山，惊吓，惨败。

不愿意在一起，就是不够爱。他很愿意对她讲一讲刚刚结束大半年的这一段爱情。

可是你很愿意娶她，那就是爱。她觉得一丝危险，比如那个傲气却婉约的维纳斯突然又觉得年龄并不是个问题，于是登堂入室，准许他平身。

他略略思索一下，反击这个问题。他说，那

女子说如果到了四十岁她尚未嫁人，再考虑与我搭伴过日子。如果我果真爱她，就会死心塌地等下去，总还有胜算的可能。大约我的内心并不是足够爱她，所以她这么说了，为了自尊我也决定止步不前。真正的爱情也许不会如此考虑自尊吧。

他继续说，娶她和爱她，是两个命题。在她那里，娶她是责任更多些，因为她只有我这一个男人。她性格孤僻，愤世嫉俗，很难和人相处。在一起五年，我是那个必须向她求婚的人。爱够不够多呢？爱是有的，但是被互相的不认同也磨没了不少。

如果她知道你有了新交往的女性，并且有结婚的打算，于是以死威逼，迫你回到她的身边，你会怎样？她如此发问。

如果她要寻死觅活，逼我回头，与她重拾旧好，那我只能回头。

他说出这样无情而深情的话。

真是令她惊心。

然后他又说，这世上没有如果二字。既然没有成立，就没有另外一个假设。她若今日为了我寻死，那就是真的爱我，但是她昨日拒绝了我的求婚，那就是并不够爱我。这两者如何以瀑布般畅流而下的逻辑并合在一起?

他吃菜，喝酒，用醺醺然的神情和她叙话。那曾经令她潸然的蓬松黑发，一根不剩。那自信飞扬清高的唇的上扬线，根本就已遁入一个人的所谓上下求索中，而只剩下市井中回环的热烈中庸，努力掩盖或者忘却所失所辱。

她吃菜，喝酒，渐渐冰凉的八足小虫子从肠子的底端爬上来，缓慢地，但每一足都坚定地冰凉。或许她在他的眼睛里也是一个在市井中回环着热烈中庸的小角色。她在照片里粉色小花朵细灯芯绒村姑的娇美模样，业已打回原形。

难过

不“那样”，就这么互相望着，说出思索的话语，彼此看见对方的手、唇、脖颈、转动的眼睛、身体的淡黄皮肤发出的光，因为是活着的两个人，正值旺盛年华，心智成熟，有礼有节。所以，不“那样”，也能推敲出两架呼啸盘旋甚至来个720度大翻转的飞机，是否就是并驾齐驱者，直到有一天变成两架轮椅，亦是一前一后跟随得紧而默契。

但是，以他们的过往经验，还有社科书、小说里得来的定律，必须“那样”过了，才知道对方是否真正是自己要找的另一半。最合适者，世间只有一人。思想的碰撞，视线的碰撞，呼吸的碰撞，家族的碰撞，健康的碰撞，起居饮食的碰撞，来路的碰撞，前途的碰撞，甚至各自生的孩子的碰撞……但所有这些碰撞即使火花热烈且水乳交融，那也不能够就放心下来。

还需身体的碰撞，那身体，哦，从唇的吻，就开始了严格的审查。到拥抱时候身体高低胖瘦软硬的贴合舒适度，灵魂的诚挚度，必须得审查，“那个”。

他们自己做着自己的红娘。认真，热情，一责到底。这世间没有人会打理两个浪子的后半生。咎由自取，最好永远单身，到老颤巍巍自己拉开抽屉找白色或者褐色的药丸，塞进嘴里，流下两行浊泪，警示世人。

所幸猫为媒。他们俩，一个是兢兢业业的收养流浪猫者、写猫者。一个是兢兢业业的爱猫者、画猫者。非常符合逻辑的一见钟情事件。没有一丝儿不对劲之处。猫撮合的。于是他们很放心地收拾箱子，登上飞机。

但是“那个”即使是激荡而舒适的，也并不一定就一定拥有康庄大道的互推轮椅晚年。他至今清晰记得西湖淑媛——令他心智昏聩，立刻开着菲亚特逃离家庭、粉碎家庭的女子。他这样描述：是一个身体非常干净的女子。从头发到脚趾，光滑洁净如象牙雕像。他其实是想过回头的，回到岭南，和发妻儿子，在从前的屋檐下，温暖相守，暂且告别浪子生涯。但是象牙雕像在胭脂水粉湖畔与他凄婉道别时，送上一条牛皮腰带，希望这腰带日日贴合他。他便心肺痛彻地破裂开——不，我不要分开。

多年以后他用岭南普通话的软糯音缓缓说：“当时怎么会心那么硬？”

硬对应的是软。他的软给了吴侬软语的女子。他的硬给了少年末期青年初期便相识相好的女孩，后来成了他的妻。本来是要一路活到骨灰盒时代的，他的骨灰，她的骨灰，抱紧在一起。突然有一天，他抡起巨大铁榔头，打碎了一条道路。从此，未来的骨灰流离。生之时的彻骨之寒和寂寞，他销毁了当年给她的誓言，但是生活和儿子能够填补，那黑洞，虽然还有罅隙不能彻底抹平，保持着中空。但死之后的孤魂，空荡，盖棺定论，一个女人的失败。

所以不能原谅。不能原谅。他听不见的歇斯底里之愤恨。但其实是平静的。发妻当年在西湖接他回岭南，仿佛他的小妈妈。他说要见象牙雕像最后一面，就在这一面里改了主意。发妻见他回来流下了眼泪，手中是一个崭新的皮带礼盒，他的身体是松懈的，似溏心的蛋黄，要流淌在西湖水边，而不打算回到大海的岸去。

于是发妻给他说的最后一句话：既然你都哭了，我怎么忍心让你永远难过。

象牙的女子，软玉温香的日子，他觉得活神仙当是如此。人间烟火里的嘘寒问暖，静默对望，幸而没有要。但多年以后，他想起发妻的泪水，和柔软的放弃，喃喃说：真不知道那时心怎么会这么硬。

其实就是因为一具活色生香的肉体，所带给他的欢畅。

至今不能免俗。《生命中不能承受之轻》里托马斯和特蕾莎，“那样”之后，在清晨的梦中，两人都吃惊地发现手握了一夜，不能分开。于是他们并肩登上须弥山。

他的面颊贴上她的面颊，贴住了，手握在一起，交颈而眠，一整夜，直到天大亮，光芒透过窗帘的边隙，他们的眼睛缓缓睁开，来到了新的人世，几乎睡死过去，安全的，舒适的，温情的，馨香的。他们通过了考试的重要科目，最后一个科目，也或者是第一个科目。

他的小腹的平坦，臂膀的结实，两腿的舒展，皮肤的温度，令她满意。

她的玲珑，饱满，羞涩，火热，体贴，诚挚，令他安心可意。

那么，还扯什么，还衡量什么一千个指标。须弥山上青树巍峨，仙雾缠绕，灵兽欢悦，我们就立刻上山去吧。

动荡

破绽像一种传统花炮，一个又一个尖厉哨音的五彩光芒弹头，向着苍穹刺去。

他俯身打开箱子，箱子宛如爆炸，因为里面的衣物就是炸开的姿态。而他竟然不以为耻，左右上下掀几掀，刨出来一个小小的方盒子。斯里兰卡。那盒子上面的英文字母。他侃侃而谈起来，两年前和小十五岁女友一起去的，大海蔚蓝，当地的海蓝宝石也如此蔚蓝，给小女友买了一个蓝宝戒指，这串蓝宝项链本来是要送给家姐的，又想她何尝戴过这样的东西，所以就留了下来，现在送给你。

信息量太庞大，而他又真实到可怕，令人不好意思指责或者闹别扭。

她接过盒子，这串手工银镶嵌蓝宝石的项链真是绝伦之美。她戴起来，起身去镜子那里看了看，赫本那样的西洋风范。她既不打算客气地推却，也不打算开口说一句什么话，全程面部紧绷。

她把项链横陈在茶桌上、眼前，喝一口茶，看一眼，抚摸一下，思忖因果关系。

他们昨晚睡了一个极其酣沉的觉，前半生所有的动荡一扫而净，雍容慢慢地回到身上。红玫瑰个头硕大，他在杭州城买的，带上飞机，昨夜怀抱婴儿般进入黑魆魆的山城，在她家的水晶瓶里和颜悦色，辅佐他们相信这个遇见。大觉之后的清晨，他蓦然翻出一个海蓝宝手工项链，应该略略不菲。

项链落在掌心，她掂一掂。他热切地看着她，玫瑰，海蓝宝，他亲手写的字，画的画，还有他自己，他的肺腑和嘴唇里说出的无数过往，可以讲一百个日夜。然而海蓝宝是要在第二天的清晨才亮相舞台。因为一个重要的考试科目过关，所以交出的一件信物。如果没有过关呢？她茫无涯际地，又把项链掂一掂，像个犹太商人。他大约察觉出了一种逻辑，认真解释：东西太小，昨晚完全忘记了，这么个小小的盒子，来的时候就提醒过自己不要忘记拿出来。

多少婚姻里的女人不是在之前过五关斩六将，才拿下心仪的夫婿。那勉勉强强愿意要下的夫婿当然不在此类，也就不用绷着弦，反复忖度。那么他确实是满意她的。这个幸福而悲伤的里程碑的胜利。

她昨晚盘得精致的发髻已经不再盘起来了。其实她向来就是披散着长发，看起来落拓不羁。她盘着腿，脚丫也敢大胆地亮相了。生得不够精致不是象牙的脚，昨天还不可以大鸣大放让他看见，今天就可以了。不好好计算的爱情，最后无疾而终。好好计算的爱情，看似稳健，却含着凉薄。成人世界里不复再有的纯真，到了最后，人们既不相信纯真，又完全仰赖纯真，才得以捆绑在一起，坚定轮椅和骨灰的信仰。

他的手和脚都生得美，照片里唇线分明唇角上扬的唇，热切地，对着她微笑的时候，他青年时代的样子竟然没有丢失。

节气

住在古老梧桐大院，意味着你与四季二十四个节气一个一个来约会，并深懂其中的情味。

我们是2017年冬至搬来的，三猫一犬，我——极力地要保护好所爱，却终日惶惶然如丧家犬模样——我生怕南柯一梦（借用作家刘涛语），与我的小朋友们不能安居已经很清淡很龟缩的小日子。所幸大院里民风朴实，小民们终日的狂热兴趣就是洗衣服、晒被子、炒小菜，然后搬一个小马扎在大太阳底下昏昏欲睡，猫狗脚边缠绕。

这个院子是武汉建筑设计院的老旧家属院，三层高的四排楼房，被二十多棵巨大梧桐覆盖，这些楼房建于20世纪五六十年代，冬暖夏凉，好风阵阵，开门见绿。

八十九岁的爱猫老奶奶已经在这里住了六十多年了。

在这个院子，我们住到今天，经历了小寒、大寒——最冷的日子，借郁葱兄善缘认识了猫君，也是大橘每夜每夜外出的开始。

大寒之后是立春。春动蛇醒，猫君在那天画下良渚绿蛇。

然后是雨水，岭南的黑色大雨和盘根大榕树，我们买菜回家拐进街边咖啡馆闲坐，碌碌和饱食都与我们无干，四个小朋友在点点的看顾下平安健康，真是人间好时节。

惊蛰前后，几乎每天爬三米高的木梯解救三楼顶的大橘，梧桐有了春芽，很宁静的淡淡绿，淡淡粉紫的玉兰开得甚好，一树又一树的娉娉婷婷，虽然梧桐大院其实已经沦落为小民窟，但四季颜色重彩酣畅，谦卑中有倨傲，安守中有勇气。

春分这天，昼夜平分，猫君来汉，他是我一生逆流顺流的平分秋色秤砣，无论去哪里，他都牵住我的手，真是人间奇迹。

他每天正午前款步下二楼，去花坛边的长椅晒太阳，晒个饱，大橘路过他的长椅，他出于客气打招呼，大橘一脸呆萌装不认识淡定走远，这件事成了春分日里最快乐的笑话。

清明，嘉陵江畔，猫君做饭，小屋灯火通明——安得广厦千万间，大庇天下寒士俱欢颜，风雨不动安如山——我这惊心胆小的人，久久地望窗外佛图关高山上小小的宝塔，觉人生是古老梧桐淡淡绿芽那样的梦，嘉陵江的水拍岸，猫君要去寻找古老的化龙桥，我们所居地，新石器时代的人类就在此乐活也。

谷雨天，暴雨雷震，我和四个小朋友关窗合帘，开电暖气读今昔物语，浮世三千，我只取猫君一瓢；人性万千，我只守善。

第二天梧桐大院满风花香，那是些什么花呢？这一天是春季的最后一个节气，大地上的百种谷物愉快生长，开枝散叶，那就要结出的籽实，到了立夏那天，会愉快灌浆，到了小满那天，饱满成形，沉甸甸起来，到了芒种那天，麦子成熟，海子说：“健康的麦地，健康的麦子，养我性命的麦子。”

夏至之时，猫君画展，杭州良渚大屋顶。

古老梧桐大院里的大橘、三宝、五宝，俱在他的画中。

一个拖猫带狗、潦倒零落的人，在2017年的冬至，在老汉口解放公园路的黄昏里，轻叹着吃孤独到第十五年的饺子的时候，并不知道后面会有——凤求凰的传奇——凤凰于飞，和鸣铿锵。

江湖

斯里兰卡的大海上，他的影像。对面为他拍照的人当然就是那个小十五岁的女友。

为什么这么黑，这么老，简直就是个小老头，而且笑得并不开怀，身后轮船翻起的浪花，和远处无边的海洋，倒是异域的，美的。

她挑剔地看他的照片。并试想了一下他瞳孔里映入的、他对面站着的，年轻女孩子的笑脸，那满不在乎的被海风吹起的巨大波浪的长发卷儿。他们方才从客舱里走出来，或者马上就回到客舱，搂抱在一起，接吻，抚摸，面颊摩擦，说呢喃呢喃的小话，留心着开饭的时间。餐厅里有钢琴曲，无边无际的自助食品，他为她取来现磨的咖啡，她吃着沙拉，瘦瘦的腰身，胸部却是丰满的，颧骨略略高了点。

又一个不好的面相。她挑剔地想起，胭脂西湖水边那个鼻孔清晰可见的女子。邮轮上拼着积木或者转着魔方、喝着咖啡的小女友脑子里在转着什么？而他浑然不知，或者是假装糊涂，企图蒙混，也就可以过关。

他的诚心就是斯里兰卡或者日本，这旅途上的大海。瞧，我们，踏海……那么，你愿意嫁给我吗？在斯里兰卡的客舱里，他们还有亲密的游戏。到了下一次日本的大海上，她大约用更多的时间想得更明白了些。于是断然连亲热都不给他了，虽然船票是他出的，但是她也不认为她就有义务配合什么。

三天三夜，我们后来连手都不拉了。她大约真的想好了，这个恋爱必须结束，五年了，或者告一段落。我大约真的想好了，和她结婚，收心了，江湖上的各种艳遇。然而她也想好了，没有义务收留一个老了的浪子，在她的怀抱里唏嘘过往的烟花柳事。

他听见了她心里的喊叫：我不想让你再碰我！

她想起了第一次第二次第三次，他的出轨。她是文化史博士，自诩开明人士，甚至撺掇他与新鲜的肉体的遇见，她想象一种香艳。

但是，她不由自主地在之后陷入了忧伤。关于爱的信仰，坍塌了。他们的小小的须弥山，一夜大雪，三月的嫩芽全部冻死。

我以为你不在意。他诺诺。

或者我四十岁的时候，你亦是单身，那么我们在一起。

她已经三十八岁，离四十岁不过就是翻过两个春节。他为了突然生出的尊严，竟然拒绝了。他说，或者那时候我已经被别的女人领走了。他软糯的潮汕口音，她心底里是痴迷的。

然后有一天他对小十五岁女友说，出现了一个如是如是的女人，我们大约是想结婚的。

他其实暗怀着期待，那么她会惊呆，哭泣，不舍，捉住他的手，按在自己的胸口上，不许他离去，不许他再和那个陌生的女人有联系，现在就打电话，告诉那个女人，他有女朋友，只是从前不够坚定，现在是坚定地要结婚的，他不得不断舍离新到来的这个，因为不能伤害旧人，那样不道义。

他甚至含着了热泪，为了就会伤害新到来的这个、据说看了他的照片便瞬间潸然的女子。

然而，小十五岁女友，吃了一口潮汕点心，那种含着油脂颗粒的腐乳饼，大笑起来，说，会有这样快吗？

他想说，如果你不愿意，我就不再和她继续了。

她端起鸭蛋青色的汝窑开片杯，喝一口凤凰山的单枞，说，当心，也许是个阴谋家，慢慢地掌控你。

也就是说，她既没有难受，也没有明确地挽留什么，更不嫉妒，就像是看穿了他在试探她，也就懒得继续应对。

如果她挽留呢？那么，他一定不能辜负她，从而乖乖去到一个轨道上。什么他者的潸然啊，黄金分割线的泪水抵达，猫为媒啊，寻找了半生啊，这些浮云，不要去触碰。

他对今日现出的新的“她”说，她只交过我这一个男朋友，也就是说，她只有我一个男人，我若不娶她，是不道德的，所以她只要愿意，我就得娶她，她不愿意，我也就放下了，毕竟，其实，我们互相都是不够爱的，如果够爱，她会嫁给我，我会耐心等待她。

不够爱的表征。多年后他细细回忆，那当时与爱的费洛蒙混杂，从而无法做出清晰判断的……她的确凿的可爱和偏偏就不给他一个果子……

此种扭缠的麻花般的逻辑。

走过蜡梅花的公园，她问他，不知道会不会下次再见面。他忙不迭地回答，会的，会再见面的。

他的忙不迭，就像大脑洞明，完全地知道，小十五岁的女友，瞬间就变身为前女友，绝对不肯给他未来，他便坚定地不回头了。

他握住她的手，在人的沙漠里行走，几乎目不斜视，希望永不回头，心如木头，干燥，温暖，软香，可亲。老婆的手。原来他一直怀着一个渴望，能够握住一双被称为老婆的女人的手，那个十二年前被他不要的女人。

她终究是悲观的，如果那个生于八十年代初期的女子突然笑盈盈对他招招手，抑或是勾一勾诡异的唇角，他会否奋起，转身就小跑，瞬间她便成了他陌生邂逅的女人，甚而是荒诞不经的、那叫作苟合的词语。她几乎气愤起来，就像一张蛛网果真凌空而下，倏地黏腻蒙住她的脸，会令她惊恐窒息而倒地。

女人

各得其所。他有时茫然在夜半梦中转醒。那座桂花在十月怒放的城，那个被他最终定性为此生NO.1的女友，方才又来到自己的怀中缱绻。内心的发疯？他仔细地回忆，叫作小河直街的雕花木窗内，他们俩的癫狂。窗外是黑瓦檐，是老桥，是疯狂旅游尚未到来的十年前，那时的他倒不清爽，人生费洛蒙巅峰值控制的他，生命力！现在的他终于清爽了，当费洛蒙衰下去，他终于得来了上帝期待的人的洁净。

猫狗成群的她早已成了他的妻，仿佛要用十二分力气才能得来的，她最终只用了二分力气，英雄拔剑路茫茫？她坐在长条木桌他的对面喝茶，打量他，刺探他，反驳他：NO.1？中产阶级里的精英，更妄图成为资产阶级贵妇。

她如此嫉妒啊？于是他内心里倒轻快地笑了。

但是你休想引入恶性竞争，我可以不玩。她起身找来指甲刀，轻轻地剔。他们什么时候开始变成敌我双方，眉眼和言辞犀利带着毒。

她边剔指甲边想，必须洗脑，没有NO.1，没有小十五岁女友，更没有狐媚子的细细长长眼睛。

他总是在茶汤里突然陷入回忆，与她做倾心之谈，她一愤怒他就确凿了他们之间爱的存在。如同那只叫大橘的猫，一看见她搬来梯子救它就知道她有多么爱它。她的法令纹多么明显，她的某个动作多么粗鲁！他的胡须和两鬓已经白苍苍，他有时的微笑里含着狡黠，多么庸俗！他们在同一个屋檐下，彼此观察对方，或敌或友，安静的时候各自想前半生所遇种种。

每个周末开车来找我，住一夜，第二天清晨沐浴更衣，穿上制服的她是另一个人，冰冷的，完全克制的，焕然一新的，十年前他无限爱慕的她，他渴望他们在桂花城是伉俪。

他的妻冷冷分析：可是你不认识她的家人，没有见过她的任何一个朋友，她只字不提婚姻二字，也不认为这就是爱情，她只在每个周末的一个夜晚需要你。

他在十年前活得挺好，但是他巨大的渴望使得他永远显得是落魄的，处于下风的。NO.1瞥见了他内心的渴愿。阶级！她冷冷地如犹太人在手心里掂量了一下。

所以你被玩弄了。茶桌对面他的妻，说完这句话，就知道自己赢了。汤汤人生，洗得干干净净。现在他们可以心无旁骛地互相折磨了，一直坐到那轮椅上，看着血红夕阳。

“女人都残忍。”他认命般地吐出这五个字。

图书在版编目（CIP）数据

我有一只猫，足以慰风尘 / 张好好著. -- 哈尔滨：哈尔滨出版社，2020.11

ISBN 978-7-5484-5534-9

Ⅰ.①我… Ⅱ.①张… Ⅲ.①散文集－中国－当代 Ⅳ.①I267

中国版本图书馆CIP数据核字（2020）第180912号

书　　名：我有一只猫，足以慰风尘
WO YOU YIZHI MAO，ZUYI WEI FENGCHEN

作　　者：张好好　著
责任编辑：赵宏佳　尉晓敏
责任审校：李　战
特约编辑：梁永雪
封面设计：刘　霄

出版发行：哈尔滨出版社（Harbin Publishing House）
社　　址：哈尔滨市松北区世坤路738号9号楼　　邮编：150028
经　　销：全国新华书店
印　　刷：北京温林源印刷有限公司
网　　址：www.hrbcbs.com　　www.mifengniao.com
E-mail：hrbcbs@yeah.net
编辑版权热线：（0451）87900271　87900272
销售热线：（0451）87900202　87900203

开　　本：787mm × 1092mm　1/32　印张：8.5　字数：126千字
版　　次：2020年11月第1版
印　　次：2020年11月第1次印刷
书　　号：ISBN 978-7-5484-5534-9
定　　价：45.00元